이태극 시조 전집

이태극 시조전집

초판 제1쇄 인쇄 2010년 4월 25일
초판 제1쇄 발행 2010년 4월 30일
초판 제2쇄 발행 2010년 7월 10일
지은이 이태극
엮은이 이숭원(李崇源)
펴낸이 지현구
펴낸곳 태학사
등록 제406-2006-00008호
주소 경기도 파주시 교하읍 문발리 파주출판도시 498-8
전화 마케팅부 (031) 955-7580~82 편집부 (031) 955-7585~89
전송 (031) 955-0910
전자우편 thaehak4@chol.com
홈페이지 www.thaehaksa.com

값은 뒤표지에 있습니다.

ISBN 978-89-5966-391-0 03810

月河

이태극 시조 전집

태학사

월하 이태극 선생은 해방 후 한국 시조사의 백두대간이다. 선생은 시조를 학문적으로 연구하여 이론을 정립하였고, 진솔하고 단아한 작품을 창작하여 대중들이 시조에 쉽게 다가가게 했고, 시조 전문지를 40년간 간행하여 작품 발표의 무대를 확장하였다. 가람 이병기와 노산 이은상에 의해 시작된 시조부흥의 기치를 이어받아 해방 후 현대시조 중흥에 앞장선 시조단의 선구적 거목이다.

커다란 산맥이 있으면 여러 갈래 산줄기가 벋어나가 온갖 조수가 뛰놀고 수목이 창성하여 백화가 난만하다. 큰 나무가 있으면 가지마다 신선한 잎과 연연한 꽃이 피어나고 그 그늘에 여러 가지 생명이 깃든다. 월하라는 거목이 시조의 산맥을 이루었기에 오늘날 시조단의 인구가 이렇게 늘어나고 시조 창작이 활성화된 것이다.

나도 40여 년 전 월하 선생의 추천으로 『시조문학』을 통해 시조문단에 나왔고, 그분의 가르침과 은혜를 입어 시조 창작의 길을 닦아 오늘에 이르렀다. 몇 년 전 만해축전 행사의 하나로 현대시조 100년을 기념하는 세계민족시대회를 성대하게 개최한 것이라든가 만해축전에 매년 시조세미나를 여는 것도 모두 다 시조를 민족의 문학으로 정착시키려고 애쓴 월하 선생의 큰 뜻을 이어받고자 하는 것이다. 외국의 문인들이 한국의 자유시보다 시조에 더 큰 관심과 흥미를 갖는 것은 시조가 다른 어느 나라에도 없는 우리만의 고유한 양식이기 때문이다. 시조가 우리만의 고유한 양식이라는 점을 제대로 인식시키고 시조를 창작하고 보급하는 데 평생을 바친 어른이 바로 월하 이태극 선생인 것이다.

　이런 점에서 월하 선생이 남긴 다섯 권 시조집을 묶어 새롭게 교정하여 전집으로 펴내는 것은 매우 중요하고 의미심장한 일이다. 나무가 가을바람을 맞아 잎을 떨구니 비로소 본체가 드러난다 하였다. 이 전집의 간행으로 월하 시조의 본령이 제대로 파악되고 시조 창작과 보급에 평생을 바친 열의와 정성이 어디서 나온 것인지도 분명히 알게 될 것이다. 예스러운 정서와 형식을 끌어안아 새로운 방법으로 생활의 단면을 표현한 월하 시조의 풍채가 한 몸으로 드러나게 된 것은 대단히 경사스러운 일이다. 이에 그 감축과 경하의 뜻을 몇 자 글월로 남기는 바이다.

2010년　2월

雪嶽霧山　曹五鉉

12

Ⅶ. 기행 시조

미주기행시조

보길도(甫吉島)를 찾아

꽃과 女人

내가 시조를 짓기 시작한 것이 어언 삼십오 년이나 된다.

그때는 그저 시골에 묻혀서 혼자 지어보곤 좋아하였을 뿐이었다. 그 후 해방의 기쁨과 함께 넘치는 생각을 역시 시조로 담아 보았다. 그 붓은 육이오 동란 중에도 일사 후퇴 중에도 멈춤이 없었다.

그러나 그것을 활자화한 것은 1948년 동덕(同德) 교지가 처음이었고 그 다음이 1955년 한국일보에 발표한 「山딸기」였다. 그 후에는 서울·조선일보와 자유문학, 현대문학, 시조문학 등에 발표하여 왔다.

이 책에 실린 오십 편의 시조는 주로 수복 후에 발표되었던 백여 편 중에서 1966년까지의 것 속에서 가린 것들이다. 실은 그때에 출판의 교섭이 있어 편집을 끝냈었으나 여의치 않았고 이년 전에 조판작업에까지 이르렀다가 또 중단되었다. 이번에 동민문화사의 안동민님의 호의로 만 삼년 만에 햇볕을 보게 된 셈이어서 최근 작품이 수록되지 못하였음을 유감스럽게 여긴다.

나는 내 작품을 자랑해본 일도 없고 또한 내 작품을 학대해본 일도 없다. 그저 나는 한편 한편을 내 재주껏 지어냈을 뿐이다. 내 작품은 나의 생활과 경험에서 우러나온 나의 삶의 모습인 것이니 그것은 곧 나의 생명의 분신인 것이다. 다못 내가 시조창작에서 특히 힘써온 점은 '시조를 시조로서의 시'로 지어보자는 것이었다. 즉 시조는 물론 시이지마는 시조가 지녀온 외형과 내면에서의 특징을 잘 이어 살린 시조여야만 한다는 것이다. 시조의 맛을 잃지 않은 새로운 시조로 지어나가 보자는 점이었다. 물론 이번에 선보이는 작품들이 다 그러한 작품들이라는 것은 아니다. 다만 그러한 노력과 주의 밑에서 작시 작업을 하였다는 것이다.

이 책은 사부로 나누었는데 일부에서는 오랜 정들을, 이부에서는 오늘의 삶의 이모저모들을, 삼부에서는 여정(旅情)의 모습들을, 사부에서는 내일을 바라는 마음들을 주제로 한 작품들을 모아 보았다. 이 작품들이 오늘의 시조단에 조금이라도 참고가 된다면 참으로 보람있는 일이라 생각하는 바이다. 우리의 시조와 가사의 대작가이었던 송강(松江)이나 노계(蘆溪)나 고산(孤山) 등은 모두 사 오십부터 작품의 경지들을 개척하여서 노계와 고산은 칠 팔십까지 계속 창작을 게을리하지 않았다. 나도 그 끈기를 배워 앞으로도 쉬지 않으려 한다.

끝으로 내가 오늘에 이르름에 길잡이로 모신 고 가람 스승님과 일석 이희승, 노산 이은상님에게 각각 깊은 감사의 뜻을 드리는 바이다.

1970. 11. 15.
감나무골에서 월하 씀

오랜 오랜 정들

노들 언덕에서

太初 가린 대로
木覓을 감돌면서

사람 사람을 불러
이 江가 사노라니

세모래 알알이 흩듯
때는 오고 갔노라.

오랑캐 발자욱도
원앙의 그림자도

어느덧 씻어 흘러
송사리도 숨어 살고

개지 핀 버들가지엔
꾀꼴 어이 안 울고?

짐짓 소용돌아
큰물 서기도 잠깐

人魚 人魚의 무리
더윌 씻어 뛰놀면은

매아미 그늘을 아뢸
느티나무 그립어!

금물결 익는 벌판
모르는 듯 흘러흘러

벼랑 태는 단풍
띄워서 水彩畵라

물새도 흥겨워 샌다
달도 밝은 이 언덕에.

모래톱 움 지붕에
눈이 쌔고 얼음 얼면

두께두께 얼은 얼음
밤새 죄며 소리친다

썰매꾼 고기잡이의
꿈을 아롱 새기며―.

이렁 사람이란
漢水로이 가고 가고

鐵馬랑 鐵鳥랑
原水爆도 갈마들리

그려도 슬기의 초롱을 안고
이 江가를 사노라.

〈1958. 12. 11. 東望山房〉

떠나 살면

1

신들메 나선 길이 오래 지닌 보람인데
뱃고동 기적 소리로 창을 열 어배 마음
오늘 또 어느 강가에서 깃을 터는 후조일까?

2

살아야 하는 무리 風土에 얽힌 세월
그 하늘 밑 질화롯가 풍겨 내는 내음인가
바래질 감각의 기슭에서 다시 죄는 허리끈.

3

때마다 아쉰 마음 철 따라 고향인데
비단 옷 펴 보면서 서로 꼽는 손가락이
年輪도 銀河를 도는 七夕만은 아니리.

4

한낱 무덤만을 고작 바램일까?
혀를 물며 뿌린 씨로 眞珠도 따 내야지
부푸는 世紀의 굽이에서 진달래로 삶일레.

〈1965. 감나무골〉

꿈이드란

꿈이드란 지니고파 한밤을 뒤척이다

심사론 汽笛 소리에 窓 따라 별을 보니

들릴 듯 귀또리 울음이 無限 그려 지어다.

〈1955. 東望山房〉

裸像

1

개운한 想念이사 나래 펴 虛虛한 것
忍苦로 쏟은 母情 거기 來日이 타고
가림도 숨김도 없이 그림으로 섰구나!

2

파도여 아우성이여 이 무슨 憤怒인가?
갈매기 스쳐 나는 무자위 꿈을 안고
銀모래 자욱마다에 마음 사운 고이네.

3

싸고 여미고 남루라도 치레턴 몸,
저리 훨훨 벗어버려 水心보다도 맑아라!
어디쯤 東이 터 오는가? 原始로운 새날의.

〈1966. 7. 5. 감나무골〉

勿忘草

이리 될 것이드면 아예 구름일 것을
저러 할 것이어든 지레 *流水*일 것을
스며든 스며든 정일래 되돌아보는 발길이여!

해바라기 나는 그댈 태양으로
시름진 사연을랑 연에 띄워 날리려도
자취여 자취로만 살기 차마 어이 끊을고?

솟구치는 서름 겨워 안간힘을 쓰는 것도
달맞이 꽃과 같이 흐느껴 어리워라
한없이 되살아 안기는 물망초여 그대여!

〈1960. 5. 東望山房〉

酒幕

스스로운 죽지는 접고 발을 터는 처마밑
문고리에 닿는 情이 삶을 지레 솟구는데
따라온 사연은 겹쳐 창문턱에 누웠네.

그믐달 새어 들어 야위어 서린 벼개맡
성황당 부엉이도 밤새 울다 지친 思念
저 먼 길 嶺이 뵈는 곳 두고 두고 가는 밤—.

〈1966. 5. 28. 감나무골〉

꽃과 女人

1

가득 함초로히
마주 연 입술과 입술

구겨진 마음씨도
해맑은 거울인데

季節이 노을진 아침
보람만 찬 기슭이네.

2

부푼 가슴 그저
꿈이도록 영롱하고

벌 나비 사려가며
내 자란 정열이기

太陽도 저리 한갓져
재롱만스런 외면인가?

3
펄펄 세월이 지네
굽이 굽이 인생길에

저기 낙엽들이
눈보라를 손짓하네

사랑은 背理의 斜塔
웃음 짓는 꽃과 꽃.

〈1964. 9. 감나무골〉

갈대

하이얀 갈대들이
날개 젓는 언덕으로

바래진 나날들이
갈기갈기 찢기운다

어허남 요령도 아련히
푸른 하늘 높푸른데……

칡넝쿨 얼기설기
휘돌아 산다는 길

가마귀 석양을 넘듯
넘어나 가 봤으면

ㄱ 훗날 저 꽃 證言 삼아
다시 여기 서나 보게.

<1965. 12. 19. 감나무골>

山情은 더욱

거무트레한 바윌 안고
千古를 도사린 채

마냥 벙어리로
저 하늘 받들고서

오늘도 비에 젖으며
저리 흐뭇 섰구려!

사람은 가고 오고
戰火는 거듭 일어

네 姿勢 배우고저
고함쳐 불러 쌓도

太古의 어버이듯이
메아리만 치누나!

범도 타던 등성엔
썰맷길이 정스럽고

이끼 깊은 홈을 따란
샘물조차 맑아 있고

가얌과 딸기들로 베푼
잔치 또한 푸짐하이.

진달래 좋더이다
녹음인들 어련하리

야윈 신나무에
설경엔들 못 겨우리

소롯이 이는 情 山情이
더욱더욱 감겨드다.

〈1966. 2. 22. 감나무골〉

時調頌

時調가 하도 좋아
나도 읊어 보던 것이

그 벌써 한 二十年
어제론 듯 흘렀구료

오늘 또 한 首 얻고서
어린인 양 들레오.

이루 다 못 푼 정
그려도 보고파서

옛 가락 그 그릇에
삶의 소릴 얹어 보니

새로움 더욱 더 솟아
내 못 잊고 살으오.

묶는 듯 律의 자윤
來日 바라 벋어나고

부풀어 말의 자랑
갈수록 되살아나

이 노래 靑史를 감넘어
보람쩍게 크리라.

〈1955. 4. 20. 東望山房〉

오늘의 삶들

交叉路

선과 선의 흐름이어
손과 눈의 견줌이어
여기는 네거리
네 내가 섰는 곳
우러러 구름 길 보다
발길 다시 옮는다

그래 밝고 흐름의
지울 수 없는 교차로
웃다 울다 가는
삶의 도가니 속
굽어서 날빛을 찾는
발길 다시 옮는다

〈1960. 1. 8. 東望山房〉

人間街路

　　1

가야만 하는 길이
저렇게도 휘돌았다

안개 속을 누비듯이
비바람 쳐 아물아물

華奢한 꿈을 배인 채
人間 여기 서 있다.

　　2

四時 가꾼 열음
땀방울에 익음인가?

晝夜 젓는 돛배
물결에 벗함인가?

바라는 彼岸의 明滅
당겨 보는 목숨줄—.

3

웃고 울고 먹고 자고
미움 겨워 터진 입술

푸념에 시새움에
물고 뜯는 포악인가

새는 날 지켜볼 몰골
솔바오는 거울인데―.

4

생명의 빛이 솟고
샘이 항상 고인다네

하늘과 땅 저겨딛고
그 소릴 듣는다네

原罪사 강보에 안고서
또 노래를 드리나?

〈1964. 4. 21. 감나무골〉

갈매기

햇발은 다사론데
물결 어이 미쳐 뛰나

뜨락 잠기락 하여
바람마저 휘젓다가

푸른 선 아스라 넘어
날라 날라 가고나.

<1952. 5. 南都 影島寓舍>

돈

1

있으면 웃어대고
없으면 울어 쌓는 너

토라진 서슬에
情도 찢기는 너

散散이 불에 살라서
뿌리고픈 招魂曲!

2

종이쪽이 날개 돋친
바드러운 공간이여!

뱀으로 원숭이로
부나비로 살고 볼까?

아니면 모래도 안 씹는
不死鳥로 살아갈까?

〈1963. 6. 16. 감나무골〉

茶房景

여기 거리에 쌀롱
紫煙이 맴을 돌고

커피 홍차 밀클
마시는 人魚의 무리

하구한 時間의 累積을
제마다가 품는다.

二〇世紀 知性들의
逃避와 出口인 양

文學 哲學 政治가
商談 商戀이 웅성이는

재즈가 촛불을 깜박이고
태질치는 홀인저.

일리는 신기룬 양
네온이 희롱치고

멋대로 자리 잡아
들고 나는 面과 面에

놓칠사 셈과 웃음으로
카운터는 사노라.

〈1955. 10. 11. 東望山房〉

明洞

술과 色燈 속을
맴도는 밤은 짧아라

肉體를 가눠내다
쿠션에 던져두고

通禁前 골목을 비벼
헤드라이트는 부산ㅎ다.

촛불에 여윈 얼굴
업고 이고 들고 메고

외로운 길손으로
어둠 누벼 살아간다,

드높은 들창의 불빛들을
별빛으로 바라며—.

〈1957. 6. 23. 東望山房〉

採石吟

몇 劫을 지켜온 節
다물어 굳어진 나날이

타 든 심지로
불이 붙는 고 고순간

우주도 뒤놓일 듯이
날고 튀는 돌사태.

덩이로 가루로 나뉜 分身
의젓이 자세 짓네

새 구실 찾음인가
새 삶이 돋봬 오네

絶望은 새날의 前夜
트여 오는 햇무리.

〈1966. 1. 23. 감나무골〉

三月은

진달래 망울 부퍼
발돋움 서성이고

쌓이던 눈은 슬어
토끼도 잠든 山속

三月은 어머님 품으로
다사로움 더 겨워—.

멀리 흰 山 이마
문득 다금 언젤런고

구렁에 물소리가
몸에 감겨 스며드는

三月은 젖먹이로세
재롱만이 더 늘어—.

〈1956. 4. 15. 東望山房〉

진달래

종달이의 울음으로
피어난 진달래가

활개 펴고 누운
兵士의 꿈을 덮노라

이따금 뇌이는 총소리에
골은 울어 쌓아도—.

우악한 손아귀에
꺾인 채로 밝은 모습

아지랑이 너울 속
연분홍 마음씨여

한 강산 여기저기서
지켜 보는 어제 오늘.

버려진 듯 산기슭에
그리 못 잊을 사연 있어

傳說로 엮어지는
피고 지는 주름일레

두둥실 뜬 구름 보면
동동이는 그 심사!

古宮에 世宗路에
외오 웃고 서 있구나

그 빛깔 그 목숨이
來日인들 가실까만

발 멈춰 기울이는 向念에
보람참이 겨우리.

<1966. 1. 28. 감나무골>

五月이여!

왈칵
쏟히는 하늘
구름으로 솟는 녹음

창을 타고
훨훨
마음은 애드발룬

그늘 속
환히 열리고
아름만 찬 五月이여!

〈1965. 5. 감나무골〉

靑山이여!

오로지 하늘 바라
靑山이 여 서 있는가?

옹종기 네 권속들
날개 펼쳐 마주 쥐고

흘러간 세월에 안겨
오늘 날을 맞음인가.

무리 지어 사는 곳에
네 없이 어이하리

물 줄기 바람 소리
언제나 곁에 두고

온갖 것 길러 섬기는
내 벗이여 靑山이여!

소용돌아 風化되어
땅 위에 자리 잡고

네 품으로 찾아드는
人間이 못 잊혀져

그렇게 솟아 앉아서
낯과 날을 삶인가?

〈1955. 2. 東望山房〉

動中靜

내닫는 검둥이는
갈기를 세워 짖고

마당가 닭의 무리
고갤 뽑아 비슷걸음

터알을 깔고 앉은 황소는
눈만 꿈벅 새김하네.

아이들은 따라 서고
울안 아긴 돌아 서고

山언덕 지키듯이
나뭇가진 웅웅대고

논도랑 얼음 판에는
한낮 해가 조으네.

〈1966. 1. 24. 감나무골〉

三月의 노래

   1

바람바람 꽃구름이
嶺을 타고 너울지면

후미진 歲月 속에
香 드리운 木連이고

버려진 땅에도 그냥
밀려들던 三月이여!

   2

막힐 듯 숨죽이고
차마 울음도 앗겨 산 나날

한낱 양인 채로
비바람에 휩싸여도

살리라 목숨으로 나선
그해 그날 이 겨레.

3

피로 찾은 내 얼이사
안팎으로 외롭잖아

무궁화 피어 지듯
견뎌 오던 보람 있어

매인 끈 끊이던 날
내 노래로 목 메었지?

4

새 아침 그도 그만
배도 못댈 江만 깊어

산과 들 밤과 낮이
바래만 가는 모롱에서

萬萬歲 가슴을 드노며
꽃망울만 적시나?

5
활짝 문을 열자꾸나
얼럴럴 상사데야

꾀꼴새 진달래
울고 피는 季節 오리

부르자 三月의 노래를
가신 님들 우러러―.

〈1965. 3. 감나무골〉

山딸기

골짝 바위 서리에
빨가장이 여문 딸기

가마귀 먹게 두고
山이 좋아 사는 것을

아이들 종종쳐 뛰며
숲을 헤쳐 덤비네.

三冬을 견뎌 넘고
三春을 숨어 살아

되약볕 이 山 허리
외롬 품고 자란 딸기

알알이 부푼 情熱이사
마냥 누려 지이다.

〈1955. 9. 26. 東望山房〉

머루

머루랑 다래랑 먹고
靑山에 살고 진 季節

그래 까아만 瞳子 같은
알알을 손에 들고

내 여기 삶의 주름 헤며
無限情을 그린다.

아름 차게 이고 진 머루
손에 손을 넘어와서

기계가 날고 기는
長安 뒷집 툇마루에

山精氣ㄹ 맛보란 듯이도
광우리에 담겼다.

〈1955. 10. 11. 東望山房〉

서리

간밤의 모진 바람
아침을 맞이하니

온 땅에 곳곳에
가루분을 뿌리었네

산기슭 감도는 볕은
왜 이다지 바쁜고.

단풍이 짙었더니
밤 새로 무르녹아

춤추어 날아돌아
금수 방석 차렸는가

아이도 비를 멈추소
이리 갈까 하노니.

〈1945. 11. 7. 鳳儀山麓에서〉

仲秋月

당신들 노시던 달
오늘도 둥싯 뜨오

밤 대추 햇송편에
있고 없고 갖춘 정성

들국화
피는 한 강산서
오손도손 나눕시다.

〈1964. 9. 18. 감나무골〉

여정의 모습들

해녀

모래를 깔고 앉은 바위
비바람에 깎인 그 위

소금에 절은 살갗
구릿빛 곡선이여!

떡 벌린
가슴의 굴곡
두 다리는 곧아라.

조고마한 호롱박을
동실 던져 띄우면서

수집게 웃어 뵈고
가는 다릴 버둥인다

어망들
저기 있는 곳
나도 당실 간다고─.

<1956. 8. 15. 濟州 旅舍>

大關嶺

깊고 외진 드메 기어 오른 푸른 稜線
감도는 안개 속에 이마도 사뭇 묻고
말 없은 어제 오늘을 보란 듯이 서 있다.

엔진소리 드높게도 嶺마루에 올라섰다
저거! 바다 바다 山도 시내도 눈앞이다
그래도 하늘은 의젓이 水地平을 넘는가.

온 길도 굽이 굽이 갈 길도 서리 서리
뛰면은 바로 저기 바다에도 들 듯하다
永劫의 密語가 겨워 감겨드는 비바람

〈1959. 8. 5. 東望山房〉

大空의 黃昏

무르익은 태양이
가물가물 타는 불길

구름도 피에 젖은 채
어둠을 불러 놓고

기우뚱 내려앉는 기체는
흐림 속을 누비네.

길길이 가로 놓인
구름 층계 밀치더니

바다도 지난 듯
그리 변ㅎ던 색구름 떼

이제는 검은 장막 속
밀려드는 괴괴로움!

떼구름 타고 넘고
검은 구름 숨바꼭질

세 층계 떨어져서
五시도 넘은 무렵

붉으레 다시 빗기다
스러지는 임종이여!

〈1961. 10. 12. 日本行 機上에서〉

내 山河에 서다

1

日月도 서먹한 채 그늘진 情은 흘러
핏자욱 길목마다 歸蜀途 우는구나
건널목 숲으로 가름한 저 언덕과 이 강물!

2

진달래 피어 들고 단풍잎 불타 나고
부르며 바라보는 어배들의 보금자리
背理는 花蛇의 짧性 굳어만 가는 마음벌!

3

얼룩진 囚衣이기 되씹는 회한인가
깁소매 접어 넣고 활짝 열자 닫힌 창을
攝理는 새날의 旗手 지켜 서는 내 疆土.

4

오랜 歷史의 章이 살꾀갈피 어엇하디
한 핏줄 소용돌아 가슴가슴 솟구친다
갈림은 만남의 頂點 휘어잡는 내 손길—.

〈1965. 6. 감나무골〉

皐蘭寺

돌아앉은 길목에서
濟度의 종이 우네,

고란 작은 것아
너는 香氣에 사나

샘으로 목을 추기며
구름 보는 나그네.

〈1965. 5. 감나무골〉

西海上의 落照

어허 저거 물이 끓는다
구름이 마구 탄다.

둥근 圓球가
검붉은 불덩이다.

水平線 한 地點 위로
머문 듯이 접어든다.

큰 바퀴 피로 물들며
半 나마 잠기었다.

먼 뒷섬들이
다시 환히 얼리더니,

아차차 彩雲만 남고
정녕 없어졌구나.

구름 빛도 가라앉고
섬들도 그림 진다.

끓던 물도 검푸르게
잔잔히 숨더니만,

어디서 살진 반달이
艦을 따라 웃는고.

(1957年 8月 4日 해군 함정 810으로 濟州를 찾아 西海上을 달리다가)

〈1957. 10. 東望山房〉

旅愁

아련히 아롱대는
뒤안의 달리아꽃

재롱도 늘었으리
숭이의 뒤뚱걸음

별빛도
숨은 물결에사
고향길이 떠오네.

버리듯 떠나버린 섬
호젓이 감겨들어

외마디 기적도
되안기는 헝거로움

보고 온
탐라의 산하로
얼싸 보는 이 한밤

<1962. 6. 17. 낙산우사에서>

東海 바다

세월이 후미진 곳
모래알로 살음인가.

무슨 분노 무슨 희롱
恨스러이 높아지나

코발트 지닌 넋을랑
하늘보다 짙은데ㅡ.

海情이 두드러져
바윗돌도 그을었나

온갖 것 감싸 주는
그 情을 못 잊는 듯

고동이 山情을 불러
메아리는 地平線.

人心이여 波心이여
미쳐 뛰는 娑婆 世界

여기 東海 바다
번득 번득 맑아 있고

天心엔 구름도 둥싯
갈매기도 가벼우이.

진정 떠날 수 없을
삶의 도가니 속

이 땅 東녘을
喜와 怒의 테를 감고

온 누리 무리져 도는
寒과 暖의 이 흐름.

〈1961. 7. 駱山寓舍〉

雷雨 彈幕 I

雷彈은 날러날러
앞 뒤에 불을 뿜고

어미 등에 지친 애는
그만 잠에 떨어졌다

이것이
運命이라면
말할 나위 있으랴.

하늘에선 불세례
敵兵은 앞 뒤인데

등대도 아득하고
사공조차 간데없다

그래도 南으로 南으로
밀려가는 이 무리—.

〈1951. 5. 한발寓舍〉

雷雨 彈幕 Ⅱ
　　― 麻谷寺는 저기라네

麻谷寺는 저기라네
三三五五 나그네들

風磬도 멎은 들에
무슨 念佛하는 건가

물방아
도는 소리에
봄은 다가드는데―.

　　　　　　　　　　　　　　　〈1951. 5. 한밭우사〉

王冠峰에 내려서서

1

山頂을 北쪽으로
한 걸음 내려서자,

즐편한 喬木地帶
나무나무 바위바위,

기는 듯 빠져 내려도
끝날 줄을 모른다.

2

내려 뵈는 풀밭이
잡힐 듯 멀어진다.

두 시간 나마를
내리고 휘돌아서,

불숙한 갈대 언덕에
王冠峰이 예라네.

3

쫙깔린 댓잎 위에
푹신히 안겨보니,

온 길도 갈 길도
나는 영 잊었어라!

저 멀리 구름바다에
나를 태워 줬으면—.

4

저것은 王冠岩요
이 후미는 耽羅溪谷.

부르면 부를 듯한
제주市가 고기 뵌다.

돌이켜 主峰을 보니
우뚝 솟아 말 없다.

내일에의 마음들

저 산을

        1
자늑 무는 입술
우주가 고기인데

태양은 맴돌아
밤 낮이 갈마든다.

영 너머
두고 온 세월만
지킬 수는 없으리.

        2
활짝 열린 창에
다가서는 푸른 하늘

들국화 안아 볼까
사루비야 타는 뜨락

굽이진
놀이 슬기 전에
저 산을 또 넘어야지.

〈1964. 9. 2. 낮. 배꽃 동산 창가에서〉

아! 그날이

— 1965. 8. 15를 맞으며

1

靑瓷빛 맑은 하늘
구름으로 솟는 녹음

창을 넘어 훨훨
마음은 氣球인 채

그늘 속 환히 열린 새날
아름차다 아름차.

2

쏟아지는 태양이
그저 마구 타던 한낮

洞口 밖 장승들도
내 江山 고향인데

펄펄펄 휘나는 祖國
꽃으로 피던 그날이여!

3

감겨들던 그 기쁨을
돗자리를 깔아 놓고

두리던 가얏고의
열두 줄도 골랐건만

스무 돌 밝는 햇살 앞엔
토라 앉은 먼 地脈.

4

카인이 끼친 자욱
가시잖는 오늘 이곳

막힌 뚝을 열어
내 핏줄 마주 닿면

파아란 하늘이 높아
아! 그날이 또 오리.

<1965. 8. 1. 감나무골>

삶

뻐꾹새로 골을 울고
소쩍새로 밤을 새네

매아미로 목을 놓고
귀또리의 넋을 지녀

뼈개는
가슴을 뇌는
부엉새의 삶이여!

〈1964. 9. 22. 배꽃 동산에서〉

狂女

아롱진 보표를랑
아스라이 새기면서,

지금 원시림 속을
걷는 여인이 있다.

우윳빛 살향기 그대로
보슬비를 받으며―.

말끔히 잃어버린
눈물과 웃음마저,

희멀건 기억 속에
紫煙처럼 풍겨 주고,

도도룸 부푼 가슴에
지는 잎을 안는다

저렇게 키워진 몸
고이 간직던 그 몸,

대낮 저잣가에
조롱감 되었구료.

그 무슨 곡절 있는지
열어 주렴, 씨원히.

〈1961. 11. 14. 駱山寓舍〉

새 기원

머흔 일 잗다온 일
연처럼 띄워 주고

이제 또 새 아침에
새 볕을 맞이한다

가고 온 수 없는 세월을
주름 달아 떨뜨리고—

멍든 가슴 맺힌 소망
올해에는 가셔지라

손 모아 다소곳이
香煙에 잠겨본다

꾸며질 플랜을 짜며
서로 서로 낱없이.

때때옷 세배하고
오늘 매양 있으란 듯

옹기종기 재깔이는
배움터 애기 딸들

믿버운 눈과 눈들이
초롱초롱 빛난다.

둥실 높이 솟아
온 누리 비치오라

이 햇살 닿는 곳에
자유 행복 고르어라

젊은이 세대라 하니
모두 나와 앞서라.

〈1958. 1. 東望山房〉

所懷

1

여기 이름 모를
碑石이 누워 있다.

저기 누군가의
무덤가엔 숲이 졌다.

그런 채 하늘은 푸르러
저렇게도 드높다.

2

바람이 불고 비가 오고
꽃은 피고 열매 졌다.

미움도 고움도
한갓 소리개의 넋

여울은 이 밤을 울어울어
어둠으로 흐른다.

3

다람쥐 너구리 떼
토끼나 여호 무리

뱀, 곰 사자도
소리치는 이 山골에

해와 달 벙글거리며
쉬어 가는 옹달샘.

4

목이 말라 참말 말라
헤매도 헤매도 *沙漠*

금방망이 흥부의 박
모두 미친 무지갠데

꽃다지 울 밑을 지켜
정녕 봄은 맞는거—.

〈1965. 3. 감나무골〉

부름 있어

1

멀리 부름 있어
소라로 사는 해변가

갈매기 구름 따라
섬 섬을 맴도는데

고동이 회오리칠 때면
건너보는 수평선!

2

휘돌아 몇 해인지
귀 기울여 듣는 부름

아쉼이 겨워선지
어둠이 앞을 서네

노여워 돌린 발길에
밀려드는 파도여!

　　　3
물 소리 새 소리
가락 잃은 거문고여

조아려 외던 노래
가슴을 파고든다

이 아침 솟는 태양으로
둥실 뜨지 않으려나?

〈1963. 12. 감나무골〉

四月은

희짓는 시새움도
영을 넘는 아지랑이

꽃다지 오랑캐꽃
보슬비에 젖는 얼굴

四月은 벅찬 가슴으로
활짝 웃는 아가씨.

앉은방이 진달래도
골짝을 불태우고

벌거숭이 목련들이
내음내음 부르는가

四月은 제비도 오는
갈마드는 꽃가마.

부라린 망울들이
지금도 어느 하늘가

피고 지는 꽃잎처럼
계절을 머금은 채

四月은 목말라 찾는
山접동의 연간가.

〈1962. 5. 13. 駱山寓舍〉

來日을

밝음 어둠 소용돌아
절벽을 찬 이 순간

목숨이 분수되어
솟구친다 티끌 속을

내일을 내일을 안고
피어나는 무궁화.

하늘보다 푸른 넋들
피를 뽑고 가신 보람

하마면 싹 잘린
가로수가 고작일 걸

내일을 내일을 믿고
돌이나는 무화과.

한가람 구비쳐라
북악이 높고 높다

이 땅 곳곳에
새벽이 다그런다

내일을 내일을 바라
여기 태어난 독생자.

〈1961. 5. 19. 駱山寓舍에서〉

노고지리

첫 번째 시조집인 『꽃과 女人』을 펴낸 지 6년 만에 이 두 번째의 작품집인 『노고지리』를 내는 바이다.

즉 1966년 6월과 1971년 9월 사이에 발표하였던 작품 42편을 묶어 본 것이요, 이것은 감나무골과 모래내에서 살 때 얻은 것들이다.

『꽃과 女人』의 머리말에서도 말한 바와 같이 여기 수록한 작품들도 시조 본래의 가락과 멋을 잃지 않으면서도 시(詩)로서의 지향을 바라 힘써 지어낸 것임을 다시 천명하여 두려는 터이다. 즉 그것은 내 사념과 생활의 고백들이요 현실에 살고 있는 한 사람의 마음의 금선(琴線)들인 것이다. 그러나 아직도 그 율조나 시어(詩語)들에서 예스러움이 있다는 말을 듣기도 한다. 이것은 아마 나이 탓인지도 모를 일이요 또한 옛 시조를 자꾸 만지다 보니까 자연 그렇게 되어졌는지도 모르겠다. 그러나 시조는 어디까지나 시조로 살아가도록 하여야 할 줄로 믿는 바이다. 이것을 자유시에 편승시켜 시조의 본질까지도 이탈시켜 버릴 수는 없는 일이라고 본다.

시는 어디까지나 예술의 한 분야인 것이다. 그러므로 시는 역시 운율과 정감(情感)의 소산인 것이다. 미를 추구하고 이를 승화시키고 예술화하여야 될 것이다. 지성(知性)과 현실을 미화(美化)시켜서 새 세계를 창조해 놓은 것이 시일진대 그 한 편 한 편의 작품이 삶의 기상도가 되고 생명력이 뛰놀아 맑은 공기가 되고 생명수가 되어야 함은 췌언이 필요치 않다. 내 작품을 이러한 원리에 비추어 볼 때 미흡한 점이 있겠지마는 꾸밈이 없고 거짓이 없는 점에서는 자부해도 좋으리라 믿는다.

　앞으로도 내 생명이 다하는 시각까지 꾸준히 시조와 더불어 살아가려 한다. 이것이 시조의 길에 폐가 되어지지 않기를 바랄 뿐이다.

　끝으로 항상 보살핌을 아끼지 않으시는 일석 이희승 선생님과 노산 이은상 선생님 또한 이 길을 잡아 주신 고 가람 스승님에게 깊은 사의를 표하고 이 책을 기꺼이 펴내 주신 일지사 김성재 사장께 감사를 드리는 바이다.

1976. 7. 16

紫霞山舍에서 月河 씀

Ⅰ. 철 따른 노래

解凍記

매화가 눈을 닮아 성긴 울 밑 방싯대면

묵은 닭도 벼슬 붉혀 목청 돋궈 활개 치나

검던 산 인왕도 솟아 아지랑이 감도는데ㅡ.

한가람 빛이 살아 물오리 쌍을 짓고

덕수궁 후밋길엔 걸음걸음 오손도손

십자가 솟은 머리로 비둘기도 꾸꾸 꾸꾸

여미던 깃도 내려 가슴 또한 봄볕이고

목멱(木覓)이 벗을 부르다 졸음으로 잠차졌네

임진강 찬 물 너머로 제비만은 오가는데ㅡ.

〈1967. 1. 감나무골에서〉

春日散吟

垂楊

가지마다 드리운 정 가누지 못하는 나날!

멀리 아지랑이 바라 허공 지켜 사는 목숨,

푸르름 속잎을 돋구어 또 한봄을 누리나?

제비

박씨를 물고 왔나 왁자히 뜰을 뇌네

처마 밑 옛 둥우릴 갸우뚱 살펴보곤

두 나래 깁을 자르며 하늘 도는 저 맵시!

개나리

잎이 버네 꽃잎이 버네 노란 노란 웃음이 버네

긴 긴 어둠을 깨고 덤불덤불 주저리고

하구한 세월을 딛고 이 한봄을 손짓하네.

봄비

어느 숨결인가 정겨운 속삭임은,

온 천지 가득 흥건히 젖어드네,

쪽대문 울타리 밖을 나도 젖어 걸어 보네.

玉梅

꽃밭 한 모롱이 야위어 선 휘추리에

옹종기 모디어서 옥구슬 터친 웃음,

화사할 봄을 겨루어 앞장 서는 자세들!

노고지리

하늘 하늘로만 솟아 보리밭 그리는 노래!

그 무슨 잊지 못할 애한(愛恨)의 넋이련가?

사귀어 따르다 보면 되미치는 메아리—

〈1971. 2. 감나무골에서〉

尋春詞

산바람 강바람이 오가는 길목마다

소롯이 남은 눈이 앙금처럼 깔렸어도

망울진 골짝을 누벼 아지랑은 피어나.

청노루 쉬어 넘던 영마룬 고향이어

한 곡조 메나리에 핫옷도 너훌 춤이로세

니나니 가락 겨운 듯 봄을 찾는 나그네.

〈1967. 2. 감나무골에서〉

夏日二題

芭蕉像

모래에 뿌리한 채
남국의 꿈을 바라

죽죽 벋은 잎새
훈훈한 바람이여!

불 붙는 햇볕을 담아
푸르름에 사는 너.

해바라기

가난이 아직 고와
뜨락을 지킨 세월

크나한 화관(花冠)들이
오뇌도 감싸 주나

저 멀리 구름 길 아득
꿈을 익혀 사는 너.

〈1970. 5. 감나무골에서〉

午睡

깜박 잠겨 들면 천길 바다 그 속

둥싯 떠오르면 하늘 도는 풍선이예

내 살갗 내 꼬집어도 안개로만 젖는 이 뇌수.

타 들던 태양 해바라기 꽃으로 웃고

스치는 바람 자장가 손길인가?

우짖는 전령도 그만 가무러지는 소야곡.

〈1967. 7. 모래내에서〉

가을五題

수숫대

키다리 수숫대는 주체스레 이삭 달고

푸른 하늘 조아리며 추석을 기다리네

올 가을 수수고물제빈 동이 함께 먹어야지—.

참새

ㄱ 까만 동자들을 동글동글 깜박이며

동구 밖 재재공론 단풍잎 더욱 고와

덤불 밑 참새 공론도 익어가는 어스름!

갈대

흰 머리 너울짓는 저 언덕 갈대숲밭

어깨동무 처얼철 그 소리도 메아리쳐

노을이 비낀 언덕으로 신이 나는 숨바꼭질!

고추

빨간 고추지붕이 겨울로 다가가네

무 배추 퍼러한 오래뜰도 풍성하고

엄마의 다래끼 속엔 엄마 마음 가득해.

가을

벼 이삭 휘어진 둑 아빠의 환한 얼굴

시루떡 무설기 눈앞에 서리는 김

가을은 보람만 찬 잔치 누나도 시집간대—.

〈1969. 5. 모래내에서〉

冬日三題

　　寒木

寒天 달 그리매
끝마다에 깃들이고

숨도 죽인 채
한밤내 도사린 너

뿌리도 응결진 수액
넘쳐 뛰는 숨소리

　　雪原

荒凉을 덮어 안은
새하얀 깁의 날개

이따금 바람을 불러

희롱짓는 허허로움

太陽도 비켜서 웃는
보람만 찬 나날이다.

夜警

언 골목골목을
때리고 누비는 深夜

그 어떤 사연들로
쫓겨 조이는 심정들

그려도 별빛은 곱게
깊어만 드는 이 밤이다.

<1971. 1. 30. 감나무골에서>

降雪賦

난무(亂舞)의 화신(化身)인저
창궁이 너의 무대

흰 깁의 손길
여린 여린 몸매

이렇게 계절을 누비어
찾아드는 손일레.

애초 자유에 겨워
어데든 어루는 너

긴 여로 트인 공간
허허로이 아름 안아

차분한 정을 쌓는가
도란이는 너울 속!

너를 안 마음은 사(紗)
한강을 거스른 꿈

무릎을 빠치며
놀던 골짝 지금 어데

태백의 줄기를 타 내린
세종로의 눈보라뿐.

휘내고 허둥여도
지켜 지닌 너의 자세

솟아솟아 따라따라
한없는 마음의 나라

까마득 은령(銀嶺)도 넘어
가물가물 떠노네―.

〈1970. 1. 모래내에서〉

Ⅱ. 생각의 실마리

민들레

미풍에 방싯 섰는
민들레 너를 본다.

서울역 앞 녹지대 위
잔디 틈에 끼인 대궁

포탄(砲彈)은 머나먼 기억
차창가로 다가서며—.

〈1967. 8. 감나무골에서〉

點火

견뎌 바래 온 정점
붙는 불 타는 둘레

게시의 빗장도
시원히 열리던 그날

지긋이 줄을 당기어
우줄 춤을 추었다.

밝음은 어둠을 안고
엇갈려 뒤는 나날

삶은 죽순(竹筍) 언덕
오히려 서러워서

학으로 날개를 치며
그 하늘을 도는도다.

비바람이 담을 쳐도
껌벅이는 불씨 안고

지키어 한생 가도
끈질긴 황토밭 길

화알활 끓일 줄 모르는
요원 같은 가슴인 거ㅡ.

꺼져꺼져 붙여붙여
생명을 길어 부어

개아지 피는 봄날
동창이 어두워도

가는 길 어귀어귀에
진달래로 피오리.

〈1969. 3. 여의주에서〉

思悼의 章

단풍잎 가지마다에 마지막 정열은 타고

산국화 오복소복히 이슬이 차가웁다

먼 줄기 서리운 강물엔 고향만이 다가서고—.

코스모스 웃는 모습 그대 주고 간 마음

갈대꽃 하얀 손길 무덤가에 떨고 섰다

꿈으로 도파온 가락 산새만이 배워 사나?

갈 곳 차마 모르던 떠도는 한 마리 철새

흐려진 비명(碑銘)에 비와 바람 다그쳐도

제 날개 제가 따르며 울어 쫓는 삶의 길!

〈1968. 10. 모래내에서〉

山

아예 망각을 안고 하늘 바라 앉은 세월

하많은 사연들이 능선으로 오고 가도

철 따라 새는 울고 꽃 피어 바람도 겹게 스쳐 주네.

억겁 멀리 바다만을 돋움하여 듣는 나날

끝 모를 정한(情恨)으로 침침 구름 속 산다 해도

해와 달 이랑을 지으며 가린 자릴 비춰 주네.

〈1969. 2. 여의주에서〉

酒幕

스스러운 죽지는 접고 발을 터는 처마 밑

문고리에 닿는 정이 삶을 지레 솟구는데

따라온 사연은 겹쳐 창문가에 누웠다.

지는 달 기어들어 야위어 서린 베갯맡

성황당 부엉이도 울다 지친 이 한밤

머언 영(嶺) 지향을 찾아 두고 두고 가는 마음!

〈1966. 5. 湖井에서〉

波濤

포효(咆哮) 끊일 길 없어
뭍으로 뭍으로만 닫는 나날!

되돌아 회한 속에
궁창(穹蒼)을 닮아 사네

한(寒)과 난(暖) 핏줄로 얽혀
생멸하는 목숨이기!

차마 미쳐 뛰도
담아 안는 모성(母性)이여!

잔잔히 재롱짓는
하구한 세월 속에

더 많은 권속을 길러
보람 깁는 요람인가.

동과 북 남과 서
육대주(六大洲) 드나는 길

청포(靑袍) 너울거려
멀리 곁는 구름 언덕

허허허(虛虛虛) 시름도 고와
다시 짓는 포말(泡沫)이여!

〈1970. 4. 모래내에서〉

落水

떨어지고 떨어지는
생리로 잡힌 습성

떠도는 메아리에
먼 세월이 가고 오고

파여진 주춧돌 위에
보람 찾는 날인가?

밤이 깊을수록
홀로 맑는 가락이다

어느 나그네의
감싸 안는 시름인가?

호젓한 기슭을 나는
철새 같은 삶이어!

정녕 날이 들면
거두어질 목숨인데

마냥 줄기지어
쏟아지다 방울지다

세월을 주름 잡으며
오늘을 사는 물줄기

〈1971. 2. 감나무골에서〉

偶吟

꽃도 피더이다
새도 우더이다

하구한 세월따라
주름살도 느더이다

어느 결 다 못한 정
봄비로이 젖으올까?

<1971. 9. 梨花 창가에서>

漁村日記

깨나 자나 꿈을 안고
파도와 겨루는 무리

갈매기 손짓으로
오늘도 닻을 들고

저 멀리 삶의 등성이로
노를 노를 젓는다.

고기 떼 찾는 눈매
솟구쳐 오르는 핏줄

가없는 물결 따라
갈팡이는 어로 역정(漁撈歷程)

목숨은 아예 버린 채로
내일 내일에 산다.

돌아 돌아올 날
초조로운 기다림에

문 밖 모래톱에
장승으로 버틴 식솔(食率)

타까운 갈구(渴求)의 세월을
짠 바람에 헹구고—.

때 얻어 소망 이뤄
만선(滿船)으로 돌아오면

세상이 좋아라고
뜀 뛰어 춤에 겹다

바램과 근심의 자맥질
이어지는 생애여!

〈1971. 4. 감나무골에서〉

어머니 頌

견디어 삼백 날은 살얼음 밟아 살고
팔딱 놀 때마다 환희로 뛰던 가슴
넘기던 일력 장장에 배어 벅찬 마음씨

진통의 회오릿속 트여난 고고의 싹
안도 숨소리에 지켜선 봄바람에
밤낮을 오로지하여온 그 하나의 정이여!

다칠세라 꺾일세라 살펴 북을 돋아
자리 가려 옮겨 마음 졸여 날을 이어
줄기찬 한줄기 소망 쌓아올린 탑이여!

흰 머리 깊은 주름 한생 그 한 마음
목숨 다한대도 못 잊던 그 너그러움
가슴 속 터져 넘도록 썰고 밀고 굽이짓네.

〈1969. 4. 모래내에서〉

斷腸二十一年

끊이려던 열두 줄을 골라 본 지 二十一년

그 허릴 졸라 논 후 제 소린지 뉘 소린지

갑갑워 북창 열뜨려도 바람 속의 강산인 거一.

〈1966. 8. 감나무골에서〉

閑山歌 答歌

한산섬 깊던 시름
검은 구름 걷어 주고
그 밝던 달빛
이 누릴 밝히었지
온 겨레 전악(典樂)을 드높여
님을 님을 기리오.

〈1970. 3. 모래내에서〉

성북동 비둘기
— 怡山님 재기를 기리며

성북동 비둘기는 나래를 펴 기슭을 살며

우주를 마시고 오늘도 꾸꾸 꾸꾸

그 경지 선경이랄까 내일도 또 내일도—.

〈1969. 1. 모래내에서〉

Ⅲ. 삶의 둘레

새 祈願

삶의 둘레

동목(冬木) 가지마다에
새 입김 감돌 때면

아스라한 꿈을 안고
들고 나는 나라 딸들

먼 새 길 삶을 닦으려
머무르는 이 동산!

깃쳐 온 새봄 자락
딛는 발길 가벼워라

우거진 나무 숲
그늘그늘 넘친 낭만(浪漫)

살아갈 어귀어귀에
옹달샘이 되오리.

하 맑은 지식의 창
손 모아 드리는 기도!

찾는 진리는
감춰진 별일런가?

한강은 저렇게 흘러
먼 하늘과 대화짓네.

시달림 겨운 조국
강산인 채 먼 이역(異域)

세기의 물결 속에
오늘을 호흡하네

이 동산 환한 웃음으로
온갖 시름 삭히소서

<1971. 1. 감나무골에서>

失鄕曲

눈 감으면 거울 되는 내 놀던 푸른 언덕

북한강 따라 올라 사명산(四明山)의 북녘 기슭

지금은 파로호(破虜湖) 깊숙한 어별(魚鼈)들의 보금자리.

피어난 진달래가 석장을 수 놓으면

산꿩들의 울음 따라 잠차지던 소꿉놀이

냉잇국 쑥버무림에 초생달도 밝았지?

물이 불면 고기 뜨고 날이 들면 뱃놀이들

벌거숭이 하동(河童)들의 꿈은 마냥 부풀기만

밤나무 그늘 밑에서 귀글 소리 우렁찼지?

서시래 벼랑 끝에 단풍이 불타나고

영 너머 조 이삭이 석양에 물들면은

온 마을 타작마당은 풍년가로 들렸지?

눈이 찬 바람이 강마을을 휘몰아치면

잉어 잡이 토끼 몰이 따라나선 꼬마 용사

짚신 속 발가락이 얼어도 지칠 줄을 몰랐지?

이렇듯 꿈 꿈으로만 새김하는 옛 내 고향

이순(耳順) 문턱에 서 티끌만 호흡한다.

색동옷 그 마당에 앉은 채 소쩍소리 들으며―.

〈1967. 11. 감나무골에서〉

尋鄕曲

꿈으로 그리던 고향
찾아보면 파로호수
묏새들도 반기는 듯
다람쥐도 종종걸음
이 저 산 흩어진 얘긴
꾸레미져 안겨 들고―.

산영(山影) 잠긴 그 속
내 어린 시절이 있고
햇볕도 노 결에 부신
물소리 웃음소리
한나절 녹음도 겨워
매아미는 울어 쌓나?

굽이굽이 기슭을 따라
물길을 가노라면
구름은 영을 넘고
바람은 재롱짓고
옛 생각 실꾸리 되어
감겨들고 감겨나고―.

총소리 드놓던 골짝
초목은 잠들었고
줄기 가눠 오르면
못 넘는 저편 언덕
차라리 저 작은 나비가
그저 그만 부럽기만—

몇 대를 비알 갈아
목숨을 이어 살고
이 물속 잉어 낚아
푸짐한 잔치라네
목메기 뒤쫓는 앞날
환히 밝아 주려마—.

〈1969. 1. 모래내에서〉

바위

나 여기 굳은 채로
몇 겁의 세월이었나

이끼도 파르라니
철쭉 마주 웃는 아래

길손의 지팡이도 쉬는
황혼 짙는 기슭이여!

흘러온 세월 사이
비에 눈에 사윈 자욱

이제 또 무슨 한이
겨웁게 남겠소만

시원히 흐르는 물가에
잊은 듯이 서 있소.

비알진 저 강 따라
단풍이 잠겨지고

할망 어망 누나들이
가마로 넘나던 곳

들국화 향에 잠기어
서로 찾는 내 고향!

하고 한 미련들이
흰 꽃으로 내렸는가?

못 생긴 이 몸도
이렇듯 감싸 줬네

불러들 불러들 보는
메아리지는 목소리!

내 사랑 속삭이는
영원의 날이라면

문득 폭파되어
산산 가루 돼도

아름찬 아가(雅歌)를 불리불러
길이길이 사오리다.

〈1967. 4. 모래내에서 4 · 19 7주년에〉

서울역

높푸른 하늘 아래 허둥이는 발부리들

무언가 두고 가는 듯 바라 오는 듯

세기의 아침을 안고 쓰혀지는 여정기(旅程記)

멀리 고향이 어리우는 포플러 여린 손길

터지듯 기적은 울어 여울짓는 가슴가슴

미움도 기약도 안개로 엇갈리는 레일 길—.

〈1966. 5. 감나무골에서〉

漢江

내 어린 시절이
저렇게 흘러간다.

해와 달 비와 눈들
모두 모아 담은 채로

한 줄기 노래를 씻이
멈춘 듯이 말없이

<1966. 5. 남행 차 속에서>

西湖

차창을 활짝 펴고
서호가 밀려든다.

푸른 속삭임이
물결 따라 다가선다.

닫는 차 새기는 상념에
다시 뵈는 산줄기

〈1966. 5. 남행 차 속에서〉

世宗路에서

너울 벗는 광화문루
채 꿈으로 잠긴 빗장
벋어난 네거리는
가쁜 숨결로 넘쳐
인왕(仁旺)이 관악(冠岳)을 부르며
대화짓는 새 아침!

발길 발길의 난무
바퀴 바퀴의 착잡
휘돌려 하늘을 받고
정을 거는 바람가지,
탁 티일 훗날을 바란
이 나라의 깃발들!

서산 허리를 짚고
숨길 모두는 태양
비둘기 원을 그으며
등을 켠 수만 장안
총총이 제 길을 모는
길찬 삶의 자화상!

별의 속삭임이
포도에도 보금자리
가로수 빈 그루 밑
휴지쪽도 조을 무렵
깜박여 달리는 신홋불에
이 하루가 닫혀진다.

〈1968. 12. 모래내에서〉

鐘路에서

인경(人定)에 새고 저물던
네 갈래 길은 그저

야윈 가로수에
계절을 느껴 보고

세기의 거센 밀물 속에서
둥두렷이 달을 본다.

구두 구두의 건널목
밀리고 달리는 차와 차

치솟는 빌딩빌딩
밤을 잊은 수은 등불

그래도 그 도포자락이
언뜻언뜻 스친다.

이제사 이 거리야
무한정 뻗는 향로

플라타너스 속잎 나듯
내일 내일이 온다

온 겨레 거친 가슴에도
봄은 정녕 다가지니

〈1970. 2. 모래내에서〉

모래내에서

모래 위에 세워지는 모자이크 조각집들

물 없는 시낸 마냥 어린이들 놀이터

기적이 목 메어 울다 기인 연기로 남는 곳.

산마루로 기어넘는 블럭의 토담집들

미루나무 그늘이라도 그리워 찾는 이 복더위

그래도 하늘은 높아 저기 한강은 흐르네.

북한(北漢) 관악(冠岳) 멀리 불러 흰 구름이 손짓는다

도심(都心)을 떠나 이십여 리 별빛도 조으는가

옮겨와 짐 푼 나그네들 꽃 피우자 뜨락뜨락에—.

〈1967. 7. 모래내에서〉

風蘭

남쪽 외딴 섬 속 해풍에 길리워져

흙 한 점도 외오 훌훌 벗은 뿌리로세

뻿뻿한 잎새도 굳게 피어나던 그 기쁨!

며칠만큼 물을 뿜어 꽃 바라 모셨더니

아이 손 개아지 입에 뽑히고 뽑히어서

긴 추위 방 한 구석에서 숨을 거둔 그 풍란!

마른 뿌리 언 잎새들 손에 하고 바라보니

그 고향 그 물결이 눈에 와 어리운다

갈매기 우는 소리에 다시 분에 심어 본다.

이 봄은 눈으로 싸여 입김도 차가웁다

다시 네 주검을 아랫목에 넣어 본다

고동도 창가에 와 걸려 목 메는 이 아침!

〈1970. 3. 모래내에서〉

Ⅳ. 산길 물길

旅路

홀쩍 떠나보니 천리가 한나절 길
두고 온 번다함도 짐부린 듯 후련하고
누운 방 다사한 맛이 내집다이 겨웁다.

정이란 머나먼 채 가깝다는 말이 있지
잡은 손 맺은 마음 태산보다 미덥구나
파도야 너도 자느냐 내 자락 펼친 곳에

분계선 초소 앞에 총으로 섰는 병사
메콩강 초연 속에 목숨 버린 젊은 싹을
여기 나 수루(戍樓) 옛 시름에 깊어 가는 밤이예.

내일은 또 어디론가 이렁 가고만 싶다
그러나 베개하고 따라와 눕는 일 일들
마주친 벽이 역겨워 다시 일어 창을 연다.

〈1967. 4. 진해 여사에서〉

江華紀行

1 江華 나루에서

뭍을 가름하여 휘도는 한 줄기 조류(潮流)

사공의 끄을은 미소로 정을 잇던 나루터

이제는 아침 햇볕에 교각들이 벌어 섰다.

하그리 많던 사연 스며서 흐려진 물결

해오리 돛배와 더불어 기슭을 감도는데

고동은 황혼을 가는 듯 하늘로만 솟치네.

2 江華邑에서

애타는 소식들에 못 이기어 앉은 자세

섬의 곳곳으로 엇갈린 핏줄들이

살아서 하늘을 이고 봄 나그네 반겨하네.

3 傳燈寺 가는 길

복숭아 배꽃들이 한창인 후밋길을

가쁘게 달려가는 차 안은 한증막 속

저저기 지팡막대로 비걷는 객도 있네.

4 山城을 바라고

전등사(傳燈寺) 저만 두고 산성(山城)을 바라보니

쓰러진 장졸(將卒)들의 넋인 양 꽃도 폈네

그 한을 되삼킨 듯이 종도 멎은 이 한낮.

질탕히 노는 소리 숲 숲에 왁자하예

아름아름 늙은 느티 오늘도 의젓하예

풍경도 제 소릴 잊고 머언 구름 바라보네.

5 塹城壇에서

쳐다볼 때 아득턴 산봉 올라 봐도 길찬 줄기

펼쳐진 하늘 자락 가없는 수평(水平) 지평(地平)

그 누구 단을 무어서 신(神)을 불러 살았는고?

힘으로 다 못한 일 신 앞에 판 가리고

힘으로 다한 일들 신과 함께 즐기었나

이 바람 태고를 안은 채 옷깃옷깃 스치네.

서 밀리 시 남해엔 섬 섬을 넘는 안개

보일 듯 북녘 땅이 폭음 속에 가스멌네

지심(地心)을 치솟는 분노 두견화로 피고 지나?

억겁 멍든 자리 물길 따라 잠 재우고

물새 나는 갯벌 가에 오북 소북 모인 마을

이 산을 받드는 채로들 철을 갈아 살어리.

〈1968. 4. 모래내에서〉

關東五景

落葉

푸른 솔 붉은 단풍
저렇게도 어울리어

멋대로 자라
제 흥을 겨워겨워

뿌듯이 비알을 지키다가
소리없이 지는가?

溪流

바위 바윌 타고
돌다 솟아 쏟쳐 고여

하늘을 밴 채
구름을 띄워 놓다

동곡을 온통 뒤놓는
소리소리 내 소리.

瀑布

씨원히 내려 쏟는
줄기줄기 물줄기

한도 원도 그만
풍기는 포말인가?

주야장 목을 놓아서
골을 골을 뻐개네.

日出

산머리 맞던 태양
의상(義湘)에 올라 본다

붉게 타던 수평
쭈뼛 솟는 불꽃

육중히 구름도 타네
금물결로 춤추네.

月出

영도 넘어 팔백리 길
경포(鏡浦)의 달을 본다.

하늘에 물 위에
물 속에도 달을 본다.

지긋이 젓대를 물고
한밤 내내 한밤내—.

〈1969. 10. 모래내에서〉

彌矢嶺

내 태백 허리의 안개에 안겼노라

단풍도 골짝도 길 줄기도 뵈잖노라.

그래도 그 동해의 파돗소린 귓속 깊이 스몄노라.

천애 길섶 날리는 옷깃을 여미면서

목탁이 들리는 산가(山家)를 생각노라.

찌들은 땀 내음 반기며 이 속에 살고져서—.

연보라 산국(山菊) 하나 모롱에서 맞아 주고

놀랜 다람쥐 돌각담에 숨고 나나

차체(車體)는 그냥 그대로 인간 향해 내린다.

〈1969. 10. 미시령을 넘으며〉

大青 頂上에서

천칠백도 넘는 고지 위에
백칠십의 키가 서서

눈앞에 금강(金剛)을 부르며
선뜻 바람을 삼킨다

허허히 대공을 저거
섰는 줄기 산 줄기ㅡ.

철쭉 소나무가
모두 땅으로 기다

오직 홀로 솟은 봉은
범범한 흙과 바위

저 멀리 항해의 표적
푸르게만 산다나!

동 북쪽 두 후미에
솟아 선 암검(岩劍)들은

천불(千佛)과 죽음의 골짝
유명(幽明)도 다른 듯다

희멀건 해도 오히려
솔바하는 이 영역.

<1969. 10. 설악 여사에서>

五臺山頂에서

하늘 바라 솟은 머리 태고(太古)를 숨 쉬는데

지켜 선 나무나무 오늘을 살고 있다

바람도 삼가함인지 저겨 섰는 이 산정(山頂)—.

굽이져 흐르는 기슭 남으로 북으로 벌고

이 눈길 동으로 서으로 그침 없는 공간일 뿐

끊어진 대화를 줍듯 몰아쉬는 숨결이여!

나도 서고 싶다 이 산정 나무되어

막혀진 가슴일랑 새소리로 달래 가며

이 고욜 정(情)으로 인 채 마주 웃는 그날까지.

〈1966. 10. 감나무골에서〉

智異山 散吟

大元寺에서

오랜 해탈(解脫)의 목탁 물소리로 더욱 맑고

천왕(天王)을 업고 앉은 연화댄(蓮花臺) 미소지어

때 묻은 합장의 나그네만 하욤 모를 미명(未明)이예!

無名瀑에서

쏟아도 쏟아봐도 끝 모를 아우성뿐

절벽은 외오 높아 귀도 막은 부처인가?

다람쥐 서대는 아래 산꽃 방싯 웃네야!

서리峰에서

땀으로 돌아 오른 바위틈과 봉우리들

하고 한 비바람에도 서슬이 무딤 없네

서리봉 더듬는 저 멀리 구름봉이 송이들!

天王 頂上에서

꿈에 보아온 천왕 이렇게 올라 섰네

사위 회천(四圍回天)해도 바람마저 잠들었네

저 천애(天涯) 석양을 안고 가슴가슴 태우네.

남원 구례 하동 진주 받들어 손 잡았네

노고(老姑) 반야(般若) 세석(細石) 까마득 엎드렸네

천지송(天地頌) 소리 높이며 바위 위에 올랐네.

〈1970. 2. 모래내에서〉

海南길

남해 천리 눈보라 길 왁자한 사랑방에

신행의 얘기 꽃이 소록소록 피는 방에

빙점(氷點)도 오히려 따순 깊어만 드는 해남 밤.

눈송이 이 버는 동백의 망울들은

연지 볼 갸우듬이 창을 여는 새아씬가?

저 멀리 바닷소리에 다시 밝는 이 아침.

〈1968. 2. 해남에서〉

長承浦에서

버린 듯 남해 문턱 펼쳐진 독노(瀆魯)의 나라

고기잡이 아들 딸들 지켜 사는 아늑한 어항(漁港)

오늘도 태양은 밝아 배 타드는 장승포.

밤이면 별과 등불 호수에 속삭이고

종일토록 갈매기 따라 섬을 섬을 바라보며

님 님과 대어(大漁)의 기다림에 오늘을 사는 아낙들!

밀치는 파도소리 마음 둥둥 북이 운다

잡은 키 달리는 눈길 고기 고기떼만 쫓고 쫓아

풍성히 돌아온 밤이면 지화자자 날이 샌다.

〈1967. 8. 장승포에서〉

多島海

끝 모를 출렁임에 쪽빛 마음은 깊어

갈매기도 구름을 불러 넘노는 사이사이

응결져 저겨 선 모습들 선듯선듯 맞아 주네.

돌고 돌고 비껴 빠져 안고 업고 쓰담는 눈길

솟는 듯 앉는 듯 눕는 듯 기는 듯이

허허한 요람에 안겨 자세짓는 섬·섬·섬.

고동에 들레인 마음마음 저어 뵈는 영송(迎送)의 손길

돛배도 저어기 물결 따라 키를 잡았다

동백(柊栢)이 피고 진 그 둘레로 정(情)을 줍는 나그네.

〈1968. 7. 多島海 船上에서〉

소리·소리·소리

이 시조집은 1971년 10월 이후부터 1981년 10월까지의 작품들을 모아 본 79편에 224수로 되어 있다.

나의 서울생활은 동망산방 시절(東望山房時節 1947.10~1961.3)에서 시작되어 낙산우거 시절(駱山寓居時節 1961.3~1963.3)과 감나무골(1963.3~1967.5)과 모래내 시절(1967.5~1970.5)다시 감나무골(1970.5~1971.5) 그리고 지금의 자하산사 시절(紫霞山舍時節 1971.5~현재)까지다. 제1시조집인 『꽃과 여인』에는 동망(東望)에서 모래내 시절의 작품 중에서 가려뽑은 것이요. 제2시조집인 『노고지리』에는 모래내에서 자하산사 초기의 작품들이요. 이번은 자하산사에서의 작품들인 것이다.

이렇게 보면 이런 주거환경(住居環境)과 시대 상황에 따른 영향이나 상념의 지향성이 엿보여지리라 본다.

그러나 제1, 2 시조집 서에서 언급한 대로 시조의 본질을 지킨 시로서의 정립이라는 지표는 견지하면서 솔직하고 참된 삶의 모습을 나타내보고자 노력하였다고 본다.

지성(知性)과 현실감(現實感)을 정감(情感)으로 여과하고 승화시켜 보고자는 하였지마는 원래 타고난 재질이 부족하여서인지 옛 시조 투가 아지 못하는 사이에 붓 끝을 따라서곤 한다.

제1부의 「삶의 소리」에서는 삶의 자세와 시 대상을 반영시켜 본 것인데 자유와 평화를 갈구하여 마지않는 마음의 가락들이라 하겠고 제2부의 「계절의 내음」에서는 철따라의 느낌에서 인생을 생각해 보았고 제3부의 「발길

을 따라」는 명소(名所)의 자연을 찾은 감흥들을 말해 보았고 제4부의 「월령가 외」는 1962, 3년 작이나 일 년 열두 달의 특징들을 한국적인 상황에서 읊어 본 것이다.

끝에는 친구의 회갑을 기린 것들도 몇 편 넣었다.

이렇게 모아놓고 보아도 미흡(未洽)함이 마음속을 소용돌이치고 있다. 이것은 앞으로의 노력을 채찍질함인 것이다.

생명을 다하는 날까지 애써보려 한다.

끝으로 유명(幽明)을 달리하신 고 가람 스승님 영전에 이 책을 드리며 어려운 가운데에서도 이를 맡아 펴내주신 문학신조사 유 사장께 깊은 감사를 드리는 바이다.

1981. 11. 망간
자하산사에서
저자 씀.

I. 삶의 소리

소리 1

빗장 소롯이 열고
자리한 태백의 기슭

인내로 얻은 씨앗
산과 물 줄기 따라

반만년 이어온 가쁜 숨
귀 모아 보는 오늘이다.

나뉘고 모여지고
또 갈린 남북 겨레

벌 나비도 넘나드는
담도 없는 그 너머서

서로의 부름만 굽이져
저 하늘을 감도나.

언젠간 오리
그 손길 마주잡을 날

시름은 꽃으로 피워
길목 길목에 쌓아 두고

길차게 엮을 대합주(大合奏)
내일 바라 들으리.

〈1977. 1. 16. 자하산사에서〉

소리 2

삼국의 말발굽 소리
산하(山河)를 뒤놓더니

하나로 손을 잡고
새 하늘 열었어라

감기던 남의 채쭉도
밀어 멀리 젖히고.

서라벌에 피운 꽃과
강서(江西)와 백마(白馬)의 슬기

겨레의 자랑으로
이어온 역사의 줄기

오늘도 밝은 태양 아래
온 누리에 뻗는다.

〈1977. 2. 10.〉

소리 3

피었던 꽃은 지고
새 망울 트는 소리

남과 북 개개는 무리
발붙일 곳 없더란다

청자에 서린 정기는
또 하나의 보람이고.

절절한 노래들엔
삶의 모습 서려 있고

나라 위한 목숨들은
쌓아올린 주추였네

울음도 딛고 넘어온
끊임없는 발자욱.

〈1977. 5. 24. 자하산사에서〉

소리 4

한 떨기 이울면은
또 한 송이 피어나듯

청자를 보듬은 채
백자 빚은 정성

파란의 오백년 하늘이
점멸되어 흐른다.

빼어난 새 기운은
내 글자도 지어놓고

해시계 물시계에
백성 위한 다스림

장백산 굽이진 물소리
내 강토를 지킨다.

아우의 슬기 알고
보좌도 비켰건만

어린 조칼 몰아내고
바른 신할 베어내다

그 원이 비 바람 되어
때를 따라 돌았다.

〈1977. 6. 22. 자하산사에서〉

소리 5

집안 싸움 잦다보니
왜 도둑의 총칼 소리

밀리고 밟히어서
강토는 잿더미로세

땅 치고 하늘 우러러
눈물도 잃었더니.

남의 힘도 빌었지만
겨레 모두 일어섰다

충무의 슬기와
충성과 용맹 합쳐

칠년의 전진(戰塵)도 씻고
사직 함께 지키었지.

중도 돌쇠들도
나라 위한 방패로서

다시는 다시는
다지고 다지었다

거칠은 묵밭을 갈아
새 씨앗 뿌리면서.

<1977. 6. 24. 자하산사에서>

소리 6

다짐도 허사로고 어수선한 틈을 노려
북쪽 되바람이 이 강토 휩쓰는 소리
사흘도 못 버티고서 궁궐마저 앗기다.

산산 조각이 난 채 아녀잔 울부짖고
효기에 찬 오랑캐는 산성을 에워싸고
항복을 재촉하는 화살 빗발 되어 꽂히다.

항전과 화해의 사이 충정으로 엇갈리다
사직과 겨레 위한 피치 못할 통곡 속에
곤룡포 자락을 끌고 삼전도에 꿇앉다.

수욕과 원분으로 초목도 빛을 잃다
한강수 삼각산을 돌아돌아 붙안고서
기약도 못할 발길 옮기던 비바람 속의 북행길.

〈1977. 6. 26. 자하산사에서〉

소리 7

당파의 회오리 속
무어올린 성리(性理)의 탑

퇴계와 율곡은
우리의 크나한 자랑

못다한 진리 위하여
평생을 다하다.

도산(陶山)과 고산(高山)의 노랜
다함없는 심금으로

오늘도 마음 마음에
꽃으로 피어난다

겨레여 이 보배 닦아
길이길이 새기자.

〈1977. 6. 30. 자하산사에서〉

소리 8

울지 않는 북소리로
목숨 다한 낙랑 공주

잃은 땅 찾고 우는
호동의 품에 안기어

사랑과 조국을 위한
금자탑을 무었다.

평강(平岡)은 온달(溫達) 찾아
영화도 버리었다

닫는 말 나는 화살
그 사랑의 힘이었다

마지막 지던 그 서슬에도
님만 찾던 그 소리.

몽룡(夢龍)의 깊은 언약
춘향(春香)의 절개 되어

모진 매 큰 칼에
목숨 함께 내맡기다

그 사랑 꽃으로 피워서
오늘에도 향기로세.

〈1978. 1. 13. 자하산사에서〉

소리 9

당쟁의 회오리와
보좌의 시새움에

영창(永昌)은 불타 죽고
사도(思悼)는 갇혀 죽다

한 많은 역사의 갈피
피로 젖든 자취여

쫓기고 쫓던
시아비와 며느리

서슬에 이리떼는
안방을 노리었다

이 풍운 그칠 뉘 없어
주춧돌도 무너지고

땅을 치며 울부짖던
양 같던 흰옷 무리

옥 매인 사슬에
감기고 묶이어서

길고 긴 삼십육 년을
어둠으로 지새다

〈1979. 1. 2. 자하산사에서〉

소리 10

조여드는 쇠사슬에
맨손으로 일어서다

개화의 방패로서
내 조국 지키려고

배 갈라 피를 뿌리며
버텨서던 그 모습.

하루빈 역두에서
쏘아 댄 그 총소리

이천만 겨레들의
가슴 가슴 사모쳐서

나라를 찾으려는 마음
오늘에도 보옵네.

〈1979. 4. 11. 자하산사에서〉

소리 11

탑골의 그 함성이
방방곡곡 누벼지자

너 나 없이 나울지어
다투어 앞을 서다

총검도 아랑곳이랴
죽음을 딛고 넘다.

만세 소리 태극 깃발
거리 거리 물결 치다

팔이 잘리우면
입에 물고 달리었다

불길에 휩싸여서도
독립만을 외치며ㅡ.

겨레의 살았음을
만방에 떨치었고

스스로 일어섬에
힘은 더욱 솟구쳐서

해방의 밀물을 바라
끊일 줄을 몰랐다.

〈1979. 4. 11. 자하산사에서〉

소리 12

말도 잃고 글도 빼앗겨
벙어리 냉가슴으로

죽지 못해 이어 살던
어둠의 그 나날들

젊은인 마구 끌리어서
목숨 헐캐 버렸다.

동아의 천지 가득
단말마(斷末魔)의 발굽 소리

사랑의 금지환도
가전(家傳)의 쇠붙이도

허망의 이름을 쓴 채
앗기고야 말았다.

지그시 눈 감으면
핏자욱 선연하고

돌이켜 귀 담으면
곡성(哭聲)만이 충천하여

숨통을 보듬어 안고
동트기만 헤이다.

〈1979. 4. 19. 자하산사에서〉

소리 13

오랜 어둠 거쳐 산야는 밝아 왔다
비장(秘藏)의 깃발이 아침 햇살 펄럭였다
너와 나 얼싸안은 채 내 모습들 되찾았다.

걷는 걸음 가벼웁고
생동하는 웃음 소리

강산이 제 빛이요
내 것이 내 것이었다

생생한 실상(實相) 앞에서
할 일들을 찾았고―.

황폐했던 가시밭을 파고 삽을 댔다
망명의 나그네도 내 흙내에 울어 댔고
내 살림 길이 이루려 손에 손을 잡았다.

〈1977. 5. 6. 자하산사에서〉

소리 14

이 무슨 업죄(業罪)인고
갈려진 이념의 벽

돌려진 강토는
동강나 먼먼 이역

혈육은 남과 북으로
그리움의 숲이예.

서로의 울부짖음
완충지댈 메아리 짓고

부자 형젠 총칼로
견주어 마주 섰다

삼국 때 깃들인 한만이
뼛속 깊이 파고든다.

〈1979. 10. 29. 자하산사에서〉

소리 15

통일로 거센 바람 임진각 거두 불고
끊어진 다리 밑 여울도 목메었다
저 멀은 포성만 높이 하늘가로 숨는데.

바라는 눈매들엔 이슬 엉겨 주름지고
몰아쉬는 숨결들엔 한이 서려 날려지고
돌리는 발길마다엔 낙엽만이 앗긴다.

한핏줄의 금선(琴線) 소리 가슴 가슴의 가락으로
부르고 따르려는 구겨진 흰옷 자락
진달래 피고지는 뜨락으로 돌아돌아 올거나ㅡ.

〈1979. 10. 29. 자하산사에서〉

자화상

내 삶의 나래를 펴
구름 속에 안겨 본다.

대현(大絃)의 저변(低邊)에서
자현(子絃)의 끝까지

희한이 가라 지으며
뭉게뭉게 떠돌 뿐

내 육신을 추스리어
바람 속에 띄워본다.

남루도 겨웁게
한낱 가랑잎인 걸.

되돌아 자취를 밟으며
바라보는 십자탑(十字塔)

내 마음 덩이채로
물결에 헹궈본다.

쥐어짠 굽이굽이
역겨울 뿐인 것을

조각난 거울 앞에서
모아보는 이 모습

〈1976. 4. 30. 자하산사에서〉

빛

드높은 하늘 이고
광야를 걷는 나그네

휘돌아 바람을 타고
오뇌에 젖어 본다.

가녀린 젖줄을 찾듯
한 가닥 빛을 바라

목 타게 캐는 광맥
잡히잖는 어제 오늘

주사위도 던져 가며
고삐를 채쳐본다.

그 어느 가난한 품에라도
안기고만 싶어서

부서지는 잎새 소리
공간을 무찌르고

스산한 오두막에도
등불이 점멸된다.

길고 긴 목을 늘이어
빛을 줍는 무리들

<1975. 11. 28. 자하산사에서>

그 문은 열리리

푸른 날개 쳐
회천(回天)하는 독수리

먼 희망의 문
구름 속에 가물가물

쉼 없이 솟고 솟으면
그 문 그 문 열리리

〈1977. 5. 11. 자하산사에서〉

성좌

기폭 낡은 향(香)에
고이 모신 해와 달이

사리어 오른 봉에
굽이지어 펼친 자락.

은하(銀河)가 떨기로 내려
내 마음에 앉는가?

자리한 그 자리가
추억을 꿈으로 풀고

바람이 싱그러워
가로수도 잠드는데

내 가락 푸른 허공으로
노를 젓는 한 쪽배.

〈1967. 12. 7. 京春街道에서〉

비, 비야 오려마

충혈진 망울 망울
지열(地熱) 딛고 마주선 채.

타 마르는 풀과 나무
새싹이 안쓰러워

오늘도 조로나마 들고
합장하는 가슴이여.

날던 새도 할딱이고
노던 고기도 숨 모은다

태양은 이글대고
구름조각도 간 곳 없다.

시원한 바람결이나마
이 언덕을 넘어보렴.

날벼락도 번갯불도
다 견디어 살으리라

한배검 이어온
버리지 못할 터전 위에.

네 내가 흥건히 젖을
비 비야 오려마.

<1975. 4. 18. 자하산사에서>

한

백매(白梅) 망울 다둑이다
문득 천둥을 듣는다.

얽힌 사연 가슴 조여
겨운 경련이 인다.

가녀린 삶의 입김으로
뜰은 가득 찼는데—.

진달래 연분홍에
노란 개나리 꽃잎.

어느 소망이
이렇게 형상됨인가?

한봄을 다 누리어도
가시잖은 한인데—

떨린 흰 목련화
발밑에 밟히이고

꽃다지 둑 밑에서
파란 하늘만 본다.

기나 긴 세월을 사는
저와 저의 쌍주곡.

〈1974. 4. 16. 자하산사에서〉

미로

노을이 펼친 들녘
속으로만 메아리져

외로이 걷는 들섶
잃어진 기억인데.

감도는 인개는 짙게
저 영마룰 감는가.

크렁한 목소리에
휘감기는 나그네 길

손가락 사이사이로
지나치는 오열의 등불.

끝 모를 자맥질 속으로
너와 내가 떠도나.

〈1976. 11. 3. 자하산사에서〉

불티

한생 쌓아 올린 자그마한 초가에다
불티를 날리련다. 한낮 환시 속에
이 무슨 업죄의 마순가 천지 아득 하고나.

하늘 덮은 먹구름 몰아치는 탁류라도
끝내는 돌아올 그 결백 지녔지만
하답답 걸고 넘으려니 상처 또한 없겠나.

비 바람 거친 길가 외로운 꽃망울이
피기도 전에 넋도 먼저 짓밟히다니
그 정상 어이없고나 새날 오길 비노라.

〈1973. 5. 5. 자하산사에서〉

독버섯

돈 돈으로 허기진
독버섯의 떨기들이

총칼 마구 둘러
목숨 앗는 길목에서

그 원죄 쌓이는 채
해만 거듭 솟는가.

동심을 거짓으로
탈 씌워 앞세우고

명성의 허를 찔러
배 채우려는 무리무리

방금도 역법(逆法)의 차를 몰아
네거리를 닫는다.

의도 강직도 삭 잘린 채
억울한 벽만 치고

호소조차 할 길 없이
원분만 새김한다

어느제 맑은 종은 울어
누리 누릴 덮을까.

〈1974. 7. 31. 자하산사에서〉

물과 여인

해말간 얼굴얼굴
보일 듯 감춘 정에

까마득 하늘을 배고
아름 가득 솟는 젊음

그 멀리 굽이를 돌아
가고만 진 발길이여

결 짓는 보조개
계절을 수놓는데

흥건히 이는 상념
세월 따라 영그는가

연륜은 인연의 풀무
다스리는 자세들―.

〈1973. 7. 10. 자하산사에서〉

주부송(主婦頌)

꿈이랑 낭만이랑
아름 안고 가려 들어

행주치마 끈도 졸라
한 살림 꾸려 보다

비춰진 거울 속 모습에
지난날을 새기네

분만(分娩)의 경희(驚喜)로
펼쳐 보는 이불 안 설계

하루 하루가
기다림의 굴레바퀴

그래도 생애를 쏟고 사는
여인이여! 주부여!

〈1972. 9. 9. 자하산사에서〉

그 모습

장미 꽃 마음으로 불태우던 지순이여
칠야도 환히 밝아 눈과 눈은 별이더니
먼 기억 백발을 길러 주름으로 남았네.

기약도 없던 포옹 끝도 모를 물줄기에
말없이 걸어가던 우산 속의 가슴 가슴
긴 세월 자락을 돌아 흩어지는 안개예.

석간에서 읽던 비보 천길 벼랑이었다.
방긋한 웃음지어 다가서던 그 모습
이 저승 앙금으로 남고 회한만이 더 더 더.

〈1980. 10. 5. 밤〉

가로등

거리 거리마다
외롬 품은 세월 속에

비바람 눈서리에도
인내로이 저겨 서서

푸르른 하늘을 바라
오늘에 사는 삶이여.

어둠을 불사르고
미미히 켜든 불빛

매야장(每夜長) 목을 지켜
은총 겨운 빛살이다

어느 역(域) 감도는 여명(黎明)
새 빗장을 여는가.

〈1981. 9. 9.〉

도공의 노래

삶의 소리 215

대를 이어 이어 흙으로 사는 생애
고사리 손매들은 갈구리가 되었어도
못 이룬 보람을 찾아 또 한밤을 지샌다.

이기고 다지어서 뭉쳐 든 한덩이 흙
돌리고 다듬으며 이루려는 기물(器物)들에
눈매엔 불길만 솟고 숨은 좇아 끊인 듯

굶고 헐벗음이 오히려 보배로워
미소짓는 야윈 얼굴 주름은 깊었어도
자랑의 맥줄을 이어 사는 외로움의 불사조.

〈1981. 10. 16.〉

귀로

갈래로 나뉜 길이 얼키고 설키어서
뛰기도 기기도 하여 한생 살다보면
시꺼먼 쪽문만 열리며 손짓하여 맞는다.

때로는 무지개를 잡으려 안간힘하고
황금 물결에 함박꽃도 피웠지만
그 길엔 한닢 동전도 함께 함이 없는 거

진달래 아픔 안고 영마루에 오르려면
불여귀 목놔 새운 눈망울로 되살아나
저 하늘 뭉게구름이 가슴 붉게 파고들고

삶에 회한 없이 뒤안길을 휘돌아도
티 없는 맑은 시냇 알몸으로 건넌다면
그 보람 마지막 길목을 노을 져서 타오리.

〈1979. 4. 16. 자하산사에서〉

Ⅱ. 계절(季節)의 내음

새 소망

새해 새 아침에
옷깃 여며 앉으면

소식 끊인 북녘 땅이
눈에 암암 밟히어서

망향의 아픔을 딛고
새 소망을 드린다.

〈1974. 9. 문화방송국에서〉

새 기원

구름 속 산 봉우리 열고 솟는 햇살
어느덧 한해 가고 다시 새날 밝는다
갈려진 겨레 가슴 가슴에도 새 소망은 솟으리

옛 맥의 성터 봉의(鳳義)의 산기슭에
태백의 줄기 따른 메마른 살림살이
올해엔 기름지어라 손 모으는 모습들

〈1972. 10. 15. 자하산사에서〉

봄을 기다리며

뜨개질의 차운 눈길을
볕 들인 창가로 옮겨

냉랑이 씀바귀 찾는
비알진 언덕을 새긴다

기약고 떠나간 나그넬
기다리는 마음으로

탄불을 갈아 넣다
눈석이물에 가슴 설레어

매화 여린 가지의
망울을 더듬어 본다

산마루 먼 하늘 자락
아직도 드높은데

발길 어지러운
길목 진열장 속에서

분홍 목걸이의
여인이 반겨준다

숨 가쁜 꽃수레 소리가
저 산 허릴 넘나 보다.

〈1977. 1. 7. 자하산사에서〉

새봄

눈 속에 도사렸던
풀포기도 기지개 펴고
팔천 여 꽃망울들도
가지마다 부퍼진다
한 가람 비켜 둘린 언덕에
왁자해진 삶의 소리

웃음 속 펼쳐지는
온 가지 설계도
보람찬 내일 바란
배움의 눈망울들
새봄의 새 기운 안고
마구 솟는 분수대.

생기 고루 퍼져 북녘에도 이르소서
사치도 가난도 도둑도 없애소서
나날이 그 맘 그대로 새봄 되게 하소서

〈1973. 3. 12. 자하산사에서〉

꽃밭에서

다투어 피고 지는 꽃 꽃들의 지순
낮과 밤을 번갈아 환히 웃음에 산다
지쳐서 옆에 찾아서면 소근소근 귓속 말

누이가 물들이던 봉선화 송이송이
때 맞춰 저녁 짓던 분꽃의 긴 대궁
채송화 맨드라미에 백일홍도 맞아준다.

소음 속 거리에도 오막살이 처마 밑에도
심겨져 그런 대로 구실하는 그 목숨을
못 다한 분노와 원한도 무지개로 수놓인다

삼천만 겨레 모두 꽃으로 피고지고
온누리 길목마다 꽃떨길 심고지고
굽이져 헛놓인 발길 꽃내음에 적시고파.

〈1976. 7. 29. 자하산사에서〉

가을이 오면

풀섶 나무 잎이
노을로 불 붙으면

드높은 창궁은
투명 속의 청자 거울

빠알간 능금알들이
가슴 가슴 안기네

이렇게 가을이 오면
마음은 돛을 달고

그 옛날 뒷들의
능금 밭으로 닫는다

못 잊을 하나의 영상을
되찾아나 보련 듯

내 지금 잎이 지는
가로수 밑에 섰다

잡답과 소음이
휘밀리는 한 복판에

어설픈 발길도 멈춘 채
황혼을 부르면서―.

〈1972. 9. 30. 자하산사에서〉

대추

대조 볼 붉어서
뜨락이 다 밝다

책장을 넘기다
문득 눈길 마주치면

잃어진 강산이 돌아온 듯
아름 겹게 품어본다.

만뢰(萬籟) 잠들어도
깨어서 속삭이고

새 아침 다시 오면
미소 지어 맞아주리

얼룩진 삶의 소용돌이
저 거리를 누벼도―.

<1976. 10. 27. 자하산사에서>

감

십여 년 바램 끝에
떨어지고 남은 열매
여남은 알이
가을볕에 물들었다.
우수수 바람이 지나도
잠 못 이루던 마음 딛고—

두툼한 잎새 속에
무르익는 정열도 짙게
드높은 하늘을 안고
응결된 채 말이 없다.
산새도 때로 가지에 와
노래 불러 기리는데—.

비수를 든 눈초리도
이 빛은 볼 것이다
베드로의 혓부리도
이 맛은 알 것이다
지순의 알몸으로도
저렇게 익는 것을

〈1976. 10. 26. 자하산사에서〉

우음 2제

겨울나무

떨어버린 무성(茂盛)
안으로만 감싸 안고

한 겨울 빈 뜰에서
외오 버틴 형상이사

돌아올 한 봄 바라는
길찬 길찬 삶이예.

사철나무

상하(常夏)도 아닌 땅에
상록(常錄)의 나랠 펴고

한결 인고(忍苦)로
도파지는 상념(想念)의 깃

그 먼 먼 그리움 솟아
하늘 가뭇 떠 가네

〈1974. 3. 1. 자하산사에서〉

산새

산새 꼬마산새 어서어서 오려무나
빈 뜰 나무 가지에 햇살도 따사롭다
비비비 노래를 하면 나는 춤도 추련다.

왜 웅숭그리느냐. 춥고 배가 고프냐
이리 내려와 모이를 찍으려무나
그러다 해가 저물면 이불 속에 재워 주마.

푸르륵 담 너머로 아주 날아버렸나 봐
체부 아저씨가 던진 엽서 한 장뿐인데
고 노란 주둥이가 남아 가슴 깊이 묻힌다.

〈1975. 2. 5. 자하산사에서〉

묏부리

숫아 솟으려구 창공을 떠받고서
수련한 숲과 숲의 철 따른 변화 속에
억년을 한 모양으로 살아온 넋이어라

해와 달 별빛 받아 사념은 깊어가고
구름과 바람 넘놀을 쓸어안은 채
너는 저 속념을 등진 생불로서 숨 쉬나

오가는 인간들은 애환의 멍엘 메고
역사의 톱니바퀴로 시각을 다투는데
지긋한 예지의 미소로 명암(明暗) 속에 사는 너.

〈1978. 10. 16. 자하산사에서〉

사계상

유년

소망으로 피어나는
백합의 떨기떨기
재롱과 심술로
해는 지고 뜬다
가녀린 숨길일망정
솟고 솟는 물줄기

청소년

부푼 송이송이
장미로 피어난다
드높은 영마루
파란 하늘 바라
펼쳐든 깃도 거세게
자세짓는 모습들

장년

일리는 굽이굽이
떠도는 연꽃봉오리
잠겼다 떠올랐다
짓궂은 술래잡기
잔잔한 바람을 바래
자리하는 터전들

노년

잡초 속 머리 숙인
잠잠한 할미꽃들
석양에 빗기 앉아
새겨보는 어제 오늘
기쁨과 시름을 엮어
영창 가에 늘여 본다

〈1976. 5. 11. 자하산사에서〉

봄을 찾으려

눈 개인 허공은 높이 구름을 안고
숨죽인 강물 속에 그리메를 띄우는데
저렇게 바람은 지향도 없이 이 공간을 달리나

소음도 비켜 걷는 이 외진 눈 언덕에
태고의 숨소리를 골라보는 이 한낮
남산의 첨탑은 솟구쳐 가늠하나 천심을

빙돌아 제자린데 상념은 동서남북
희비의 눈보라로 어지러이 되채인다
피어날 버들가지를 쓸어보는 이 마음

〈1981. 2. 10. 자하산사에서〉

산나리꽃

허공 담장 허리에 뿌리한 산나리꽃
활짝 피어나 한 여름을 열고 있다
그 어느 보람도 겨웁게 넓은 하늘 받혀 안고

어린 적 산기슭에 반겨 찾던 그 모습을
창 열고 바라면서 가슴 설레이며
소음도 멀어진 한낮 절로의 뜻 새기다

한 알의 씨앗도 저렇게 길찬 것을
외오 따르지 못하는 회오(悔悟) 같은 어설픔에
앙가슴 소용돌이치는 물소리를 듣는다.

〈1980. 8. 11.〉

다시 핀 산나리꽃

지난 해 그 산나리꽃
이 해에도 다시 폈다

높은 담장 허리 틈에
비스듬히 버틴 채로

삼복의 불볕을 먹고도
싱그러운 웃음이다

소음과 정적은
바람결에 날리우고

먼 하늘 안고
한 여름을 사는 너

희비(喜悲)의 울부짖음도
구름 밭에 맡겼나.

다소곳 그 모습엔
보살이 그림지고

고요로운 그 속에는
삼천(三千) 대천(大千)이 봄인 듯이

허허(虛虛)한 나날을 진 채

살고 사는 그 목숨.

〈1981. 8. 8. 자하산사에서〉

Ⅲ. 발길을 따라

망우리에서

하 많은 넋들이 모여
깃을 접고 누운 뜸에

샛별이 미소짓고
저녁노을 빗기어도

간 세월 다 못한 정을
꿈으로만 접는가

금잔디 속잎들을
두견이 불러 쌓다

진달래 지는 그늘에
보슬비 드리워도

옛 그날 하마 잊었노라
고요로운 이 언덕—.

며칠을 억수로 퍼부어도
몇 달을 태는 듯 쪼여대도

하늘을 등진 채로
망각하는 영역이예

패랭이 간들거리고
달맞이꽃 웃는 속에—

귀또리 울어 새고
들국화 한창인 때

할멈 영감 손자
제 서름 제 놓아도

지새는 안갤 덮은 채
외오 쉬는 망령(忘靈)들

부엉이 구성지고
눈보라 몰아쳐도

흙, 흙으로 남아
평생 일 다독이며

썰물에 떠나가버린
귀도 잃은 쪽배들—.

〈1973. 5. 8. 同德學舍 창가에서〉

스카이 웨이

옛성을 감돌아서
굽이 돈 페이브의 산길

소음은 저 멀리
산바람에 안겨 보니

스치며 느끼는 정도
철을 따라 겨웁다.

총을 든 파수들은
밤낮을 갈마 가며

이 평화 앗길세라
성 줄길 지켜 사네

주름진 성돌 틈으론
다람쥐는 서대는데―

장안엔 치솟는 고층(高層)
뒤돌면 북한 연봉(北漢連峰)

가없이 뻗는 이 길
찾는 이도 가지가지

여명(黎明)을 고대하면서

정상(頂上) 우뚝 서 본다.

〈1974. 3. 31. 자하산사에서〉

자하문

밤낮을 이어온 허허(虛虛)로운 바람 속에
망각(忘却)의 세월(歲月) 단청(丹靑)으로 섰는 오늘
엇바뀐 역사(歷史) 갈피에는 노을만이 붉는가

나드는 장안(長安) 길목 예 이젤 호흡하다
뒤미처 못 따르는 버둥이는 마음일 땐
저 먼 먼 창궁(蒼穹)을 바라 자락만을 띄우고

희비(喜悲)의 사연들로 엮여진 고갯마루
철새들은 오늘도 어제를 지저귀나
그렇게 살아온 나날이예 내일 비는 자세로

〈1972. 1. 14. 자하산사에서〉

명동기

즐비한 고층 뒤안
왕대포 빈대떡집

화사한 의상의 행렬
저무는 길 모롱에

한잎의 낙엽이 날아들어
바서진다 발 발에

너는 너 나는 나의
빗장이 굳어지고

기쁨 슬픔 소용돌아
명멸(明滅)하는 어제 오늘

제 빛도 잃은 채 솟은
둥근 달이 비꼈다.

이십오(二十五) 시 손을 꼽아
겨눠 보는 조리질들

멈춤 없이 출렁이는
이 해일의 밤과 낮들

그래도 뿌연 공간을
날빛 날빛 비춘다

〈1972. 11. 5. 자하산사에서〉

산사음

오뇌라 티끌이라
떨치고 숨어 들어

숲 속 깊은 골짝
연꽃 위에 앉은 미소

철따라 피고 지는 잎
호흡하는 숨소리

층 층 돌층계 밑
모란은 붉게 타고

이즈러진 석탑이사
옛 손길 그저인 듯

새파란 여승의 목탁소리
바람 타고 번지네

두견이 밤을 울고
풍경이 따라 새나

흐르는 구름으로
쉬다 가는 나그네

솟는 샘 맑은 목숨에

찾으려나 영겁(永劫)을—.

〈1972. 10. 27. 자하산사에서〉

송화사 길

숲을 넘은 풍경 소리
아스라 하늘로 날고
무명의 꽃내음이
이끄는 오솔길 따라
무량수 법상을 그리며
송화사를 찾는다

있다 가는 목숨을 위하여
모를 꽂는 어미 아들
땀방울을 식히려는 듯
한 줄기 소나기도 온다
올라도 보이지 않는 절
손 모아 새기는데

또 한 모롱 돌아드니
초초정 두어 채뿐
자그만 부처님이
미소로 맞아준디
합장한 손길을 잡자
가쁜 숨도 스러진다

들레는 하객들은
속정(俗情)에 넘쳤구나

만나고 떠남을
목탁으로 다듬는가
인연의 기쁨을 안고
온 길 다시 내린다.

〈1976. 7. 25. 자하산사에서〉

세검정 음

갈팡이는 비구름을
목숨으로 쓸어친 후

맑은 물 기슭 가려
칼을 씻고 정잘 세운 뜻

빈 터전 드높은 하늘엔
흰 구름만 둥싯 떴다

해와 달 갈마도는
밝음 속에 사잤더니

또 다시 먹구름이
이 강톨 휩싸았다

그 한을 헤쳐 헤쳐서
새 정자를 지어야지

언젠간 그날 오리
겨래 모두 손 잡으면

기어코 이룩되리
역사의 바른 길이

내 여기 손을 씻으며
눈을 지긋 감는다.

〈1976. 6. 10. 자하산사에서〉

향사 삼제

소양정(昭陽亭)

쉼 모르는 흐름 가에
짐짓 깃을 벌이고

계절의 호흡으로
궁천(穹天)을 우러르며

나그네 땀 자락도
씻어 주는 정자여—.

봉의산(鳳儀山)

봉우리 쌓인 둘레
어엿이 자리 하고

철 따라 가린 차림
한결같은 너의 모습

몇 만 년 이어온 삶이
가슴 붉게 안긴다.

춘천호(春川湖)

천심(天心)을 강심(江心)에 심어
어별(魚鼈)과 넘노는가

나루터 옛 사공은
한낱 꿈을 가는데

삼악산(三岳山) 그리멜 띄워
주름 짓는 호수여—.

〈1972. 10. 3. 춘천에서〉

춘천호반에서

봉의산 그림 띄워
거울로 고인 호수

둘레의 계절을
번갈아 담아보며

아름찬 내일을 바라
새 돛을 올리나

호심 깊인 어별이 놀고
떨어져선 전류(電流) 되어

해와 달 서로서로
재롱짓는 이 수역(水域)에

미지(未知)의 그날을 바라
나래치는 해오리

〈1974. 8. 22. 자하산사에서〉

무영탑

갈마도는 계절을 딛고
튀는 석화(石火) 야문 손길

젊음을 사룬 채로
쌓아올린 무영의 석탑

천년의 비바람 속에서도
오늘을 살고 있다.

그리메 그리메라도
보고졌던 한 여인

그 한을 가슴에 안고
뛰어든 물결만 남아

또 하나 큰 한이 되어
겨레의 맥은 솟는다.

박제(剝製)의 어릿광대
줄을 타는 한낮이요

사슴이 해금 혀는
가시밭 등성이라도

이 사랑 이 얼은 살아
여름 맺아 지리라

〈1975. 7. 8. 자하산사에서〉

울릉도

동백 그늘에 맺힌 정은
갈매기 함께 먼 하늘 날고

결이 겹쳐 이는 파도
뭍으로만 가없는데

태고한 삶에 매인 채
외오 누운 울릉도.

산전(山田)을 흙매다가
배에 올라 파도 타고

사시 기울인 정성
나날에 목숨 이고

떠받친 생애 되씹어
이어 사는 울릉도

뱃길로 하루 둘레
배턱 배턱 모인 집들

구릿빛 넘친 미소
손에 손 마주 잡고

성인봉(聖人峰) 나드는 구름에

오늘 비는 울릉도.

〈1971. 8. 울릉도를 찾고 1973. 9. 16. 자하산사에서〉

관동 3음

청간정(淸澗亭)에서

가없는 동해 바다
한 자락 펼친 가에

날으려는 듯
우뚝 섰는 청간(淸澗)네야

찌들은 삶의 티끌들
모아 펄펄 날려보자—

울산암(蔚山岩)에서

헬 길 없는 세월
산속 깊숙 앉아

철 따라 갈마드는
그 삶이 역겨웠가?

빗속에 찾은 길손에게도
묵묵 적적(默默寂寂) 그대로―

비선대(飛仙臺)에서

천만세(千萬歲) 골을 울어
줄기차게 내리는 물결

선녀의 날음인가
감도는 마루의 안개

이 사이 막대 버티어
정을 깁는 나그네―

〈1972. 9. 1. 자하산사에서〉

낙수 2제

낙산해변(洛山海邊)에서

때 지난 욕장에는
고요만 짙었는데

부슬비 뿌리며
밤새 울부짖는 파도

그 진정 가실 수 없는 거리
온유와 광폭의 사이

하조대(河趙臺)에서

망망 대해를 깔고
허허 궁창을 덮고

치솟은 기암절벽
장송도 낙낙한데

반만년 비바람 속에
회한으로 살은 너.

〈1972. 11. 1. 자하산사에서〉

의상영일

눈 부벼 대(臺)에 올라
동쪽 멀리 수평을 본다

붉게 물든 하늘
그 짙은 한 가운데서

희맑안 금빛 얼굴이
싱긋 웃고 나선다

금빛 은빛 넘노는 바다
환히 밝아진 누리

어느덧 떠오른
빛의 왕자 눈부셔라

죽였던 숨을 모두면서
갈 길 잊고 앉았다.

의상(義湘)은 여기 앉아
두 손을 모았겠군

송강(松江)은 저기 기대
시를 읊어 냈었겠지

나 지금 초초한 자락으로
이 자리를 빌렸노라

〈1971. 9. 29. 의상대에서〉

비룡폭에서

도맡아 외침이여
잎잎이 사무치네

산산이 조각난 몸
다시 모아 뒤퉁기네

하늘도 못내 겨워가
안개 내려 덮는다

〈1971. 9. 26. 비룡폭에서〉

자하문

역사의 실마리를 차곡히 지니인 채
창연한 나래 들어 태고를 숨쉬는 듯
세기의 고비 고빗길을 가늠하고 섰는가

치솟는 빌딩의 숲 소음(騷音) 저켠 다독이며
애환(哀歡)의 바람결에 가슴 설레이나
오늘과 내일의 숨결이 노을 비껴 서리는데—

성 줄길 따라 두른 젊음의 눈망울들
저 먼 비구름도 환히 걷어낼 소망인데
말 없는 구도자(求道者)인가 안갤 덮고 앉았다.

〈1981. 5. 31. 자하산사에서〉

Ⅳ. 월령가 외

월령가

　一月은

제석(除夕)의 종으로사
가름하는 새날인가

밝아드는 창가로
우렁찬 닭이 울고

일월은 또 하나의 손짓
갈마서는 길잡이

눈송이 핀 가지에
그 시절을 그려도 보고

언 가슴 따슨 손길
오손 도손 넘는 고개

일월은 보람을 배인
인종(忍從) 아는 여인인가

오랑캐 밟은 자욱
눈에 스며 붉었는데

또 다시 얽힌 사슬
이해에나 풀릴 건가

일월은 다짐도 깊다
되새기는 망부석(望夫石)

〈1·4후퇴 1963. 1. 1. 자정〉

二月은

하마 피려는가
울 가의 그 매화가

고드름 따 든 손에
김이 저리 서리운다

이월은 그 뉘 품인가
파고드는 속삭임

병아리도 종종이고
고양이도 잠드는데

무슨 눈개비가
저리도 넘노는가

이월은 시집온 가마로세
어룽지운 그 얼굴

알을 품은 암탉이다
철을 아는 꽃망울들

수절(守節)도 수련(修鍊)도
그날 위한 마련이었다

이월은 겨레 일어 센
진통겨운 산실(産室)인저

〈3·1 前夜 1963. 1. 2. 2시〉

三月은

진달래 망울 부퍼
발돋움 서성이고

쌓이던 눈도 슬어
토끼도 잠든 산 속

삼월은 어머님 품으로
다사로움 더 겨워

멀리 흰 산 이마
문득 다금 언젤런고

구렁의 물소리가
몸에 감겨 스며드는

삼월은 젖먹이로세
재롱만이 더 늘어

악물고 일어서서
빈손으로 밀던 꽃수레

내 땅을 되찾으려
피를 뿜던 이 강산에

삼월은 꽃씨를 심고
불멸의 기를 꽂았다

〈3·1운동 1963. 3. 30.〉

四月은

희젓는 시새움에
영을 넘는 아지랑이

꽃다지 오랑캐 꽃
보슬비에 젖는 얼굴

사월은 벅찬 가슴으로
환히 웃는 아가씨

앉은뱅이 진달래도
골짝을 불 태우고

벌거숭이 목련들이
내음내음 부르는데

사월은 제비도 오는
모롱 도는 꽃가마

부라린 망울들이
지금도 어느 하늘가

피고 지는 꽃잎처럼
계절을 머금은 채

사월은 목말라 찾은
산접동의 연가(戀歌)가

〈4 · 19 1962. 5. 13.〉

五月은

너울이던 꽃구름이
가지가지 잎 피우고

라일락 향기 따라
하늘 저리도 맑아

오월은 둥실 뜬 풍선
내 향수(鄕愁)의 수렛길

여무는 보리밭을
우지우지 노래하고

숲 언덕 모란 꽃밭
젊음의 쌍곡보선(雙曲譜線)

오월은 정겨운 보금자리
그려보는 초혼(初婚) 길

六月은

찔레꽃 향을 옮겨
꾀꼬리도 우는 아침

모내기 외는 소리
동곡(洞谷)을 누벼 가고

유월은 성장(盛裝)의 여인
아람도 찬 바램이여

푸른 산 저리도 높고
티끌 이리도 깊어

소나기 몇 줄기에

아스팔트 딛는 발길

유월은 구름과 그늘이
대화짓는 오작교

감잘 구어 먹고
탱클 맞던 그 기억

한 하늘 안은 무리
그리도 다른 생리

유월은 괴리(乖離)의 수레
멀고 아쉰 이름이여

〈6. 25.〉

七月은

천둥 번개소리에
알차지는 청포도

원두막 시냇가에
더위 씻는 나그네 길

칠월은 주체만스러라
비만증의 푸념뿐

산이 바다가
그렇게 불러 쌓도

칸나 백일홍은
뜰 안을 지켜 폈다

칠월은 퍼버려 버린
카오스의 열병체(熱病体)

짐짓 풀어헤쳐
가슴 가득 고대턴 보람

저렇게 날리는 깃발을
부시게 바라 안고

칠월은 지어진 법으로
숨 고르는 청교도(清教徒)

〈62. 7. 24. 제헌절(制憲節)〉

八月은

해바라기 타는 뜰 안
봉선환 씨를 뱉고

파노가 거운 창가
매아민 허공 운다

팔월은 멍에 멘 황소
그늘만이 그립워―.

장마는 가셨는가
포기포기 맺은 이삭

끄을은 주름 타고
잔웃음 결을 짓네

팔월은 만삭의 여인
바래키는 새 소식

인내로 얻은 그날
활짝 핀 무궁화여

쪼들려 겪던 분노
애국가로 달래 보네

팔월은 구월(久遠)의 산정(山頂)
몰아쉬는 숨결이다

〈8. 15.〉

九月은

귀또리 새는 밤에
시름 깁는 나그넨가

국화가 뜰을 웃어
모시치말 접어 넣나

구월은 새로 짚는 금선(琴線)
딩당동 우는 가락

숙어진 이삭들이
새 떼도 부르는가

그늘진 가로수 길
발걸음도 가벼워라

구월은 흥부의 마음
나누고픈 정(情)과 정(情)

볼 붉은 아람 대추
오목 조목 갖춰 놓고

열무김치 오려송편
천신(薦新)하는 정성이사

구월은 회심(回心)의 기폭
후조(候鳥)들도 깃을 접네

〈추석(秋夕) 1963. 9. 15.〉

十月은

빨가니 물든 잎새
노을 비껴 되타는데

새촘히 고개 들고
안겨드는 들국화여

시월은 금수(錦繡)의 장막(帳幕)
아쉬움도 여문다.

청자(靑瓷)를 잉태하고
짙어만 드는 하늘과 물

거두는 열음 열음
손길 마냥 가뱌웁다

시월은 가멸은 잔치
덩에 오른 왕자(王者)여

고궁(古宮)은 케가 앉은
연륜(年輪)의 앙금인가

나라 열고 글을 지어
이어온 그 길 있어

시월은 겨레의 자랑
한강(漢江) 함께 흐르오

〈개천절(開天節) 한글날 1962. 10. 15.〉

十一月은

멀어진 그림잔가
지는 잎 회오리 쳐

숨이 차올라
키만 자란 포플러 숲

십일월 주름을 떨친
어리비친 탕자(湯子)여

진서리 치는 새벽
우수수 지는 잎들

태양이 솔바선가
외면하는 만상(萬像)이여

십일월 훠이 불러도 보는
기적 우는 간이역(簡易驛)

돌아 뵈는 가시밭 길
다시 닦는 그날이사

분수로 솟는 분노
포개 서던 값이라서

십일월 다가서는 밀물
너울짓는 해조음(海潮音)

〈11. 3. 광주학생 1963. 11. 30.〉

十二月은

저리 어울리어
꽃으로 맺은 정을

잎잎이 사르려다
연기로 사는 세월

십이월 나그네 길인가
산마루를 넘는다

종이사 우는 언덕
눈보라로 집는 가락

네거리 딛는 자욱
무늬 져 숨는 황혼

십이월 굽잇길 따라
몰아치는 역마차

시섬(始點) 위한 종짐이기
창살도 바르면서

떡쌀을 씻으려니
거울로 비춰지네

십이월 메시아도 오신 달
옷깃 여며 서 본다

〈1962. 12. 24. 성탄절(聖誕節) 자하산사에서〉

이화 잔치

십년도 길다는데
구십 성상 맞는 오늘
한 송이 배꽃이
팔천으로 벙그렀네
거룩타 슬기의 첫걸음
이리도 높음이여!

황화방 밝은 언덕
왁자한 돌잔치에
웃음웃음 부여잡고
춤이요 노래로세
주님의 크신 은총이
넘쳐넘쳐 번지네!

배워 닦은 지와 덕이
이 땅을 북돋았고
그 향기 널리널리
온 누리로 퍼져가네
해와 달 갈마듦 같은
그침 없는 이 행진!

진 선 미 그 정신은
이화의 모든 지표

십자가 그 고난은
내일 바란 희망일세
봄바람 피어나는 꽃들
피고피고 또 피라

〈1976. 5. 30. 이화 동산에서〉

성봉(聖峰)을 기림

바라볼 땐 눈을 인 봉우리
다가서면 봄볕의 다사로움
허구한 세월을 거느려
이순(耳順)의 하늘 열다
잔주름 오늘을 말하는
성스러운 삶이여

한 평생 갈고 닦은
말글의 금자탑은
산마루 높이 솟아
봉수불로 활활 탄다
그 줄기 방방곡곡으로
길이 남아 서려라

무르익은 금슬의 가락
자손으로 이어지고
절도 있는 다스림은
고루고루 윤이 돈다
헌수의 잔 높이 드시라
오래 오래 삽시다.

〈1977. 5. 22. 12 자하산사에서〉

천년 학(千年鶴)

깃을 다듬어 천년 외길을 사는 학
청수한 눈매로 먼 하늘 바라보고
끼룩 목청도 맑아라 가눠올린 탑이여

무어 올린 그 탑 아래 묵묵히 가부좌하고
정을 든 채로 오늘도 돌을 쫓는다
받드는 환력의 술잔엔 향이 돌아 서리는데

생애 기울인 자취 영겁에 살으오리
이 길 걷는 후인들 길이 닦아 빛내오리
웃음의 꽃을 기리며 천년수(千年壽)를 하소서.

〈沈載完님 還歷 기리며 자하산사에서〉

구름재 송(頌)

영마루 구름으로 너그러움 감싸 안고
구름 위 솟은 재 우러름을 모아 놨네
둥 둥 둥 이 강산을 덮는 보드러운 그 손길

겨레 사랑 나라 사랑 육십 고개 무거운 짐
내 글 내 노래를 다시 없는 보배라고
다지고 다져온 나날 일월 되어 눈부셔라

오로지 한 곬으로 굳어만 진 삶이기에
외롭고 고달픔이 길을 앞서 달리었지
병고와 싸워 이겼음도 이 정성의 덕이리

겸손과 자애로 한결같은 구름재
육순의 고개 넘어 다시 또 육순으로
불변의 날빛을 받아 높이 높이 솟으리

<1977. 10. 7. 자하산사에서>

화랑대 음(花郞臺吟)

아득히 하늘 열고
내리신 단군의 핏줄
이어 살아 온
부침(浮沈)의 역살 딛고
도약의 내일을 바라
화랑대의 날이 샌다.

겨레와 나라 위해
가려 뽑힌 젊은 사자들
보무(步武)는 지축 울리고
의기는 높고 푸르러
그 앞날 간성(干城)의 토대
이 언덕에서 닦는다

용맹과 슬기 위에
지식과 어짊으로
다지고 익히어서
오늘의 화랑으로
끓는 피 솟는 힘 다해
새 하늘을 열으라

〈1978. 1. 28.〉

한글소식 100호를 기려

나라 글자 지어 펴신 크신 뜻 받들어서
온 겨레 너 나 없이 배워 쓰는 보람 찾고
무궁한 자랑으로 이어 한글 세상 이루었네

이 길 더욱 닦아 바른 삶을 넓히고자
험하고 가파른 고개 넘고 넘어 올라섰네
그러나 저 높은 봉엔 비구름이 아직 돌고―

넓게 고루고루 한글 탑을 쌓으려고
한글 소식 엮어 내어 백 호를 거듭했네
백 호의 억만 호라도 길이 길이 이어가리

손 손에 받아 읽는 기쁨을 서로 나눠
내 글로 살아가는 횃불을 드높이세
온 누리 이 빛 우러러 기려 따를 때까지―

〈80. 11. 20. 자하산사에서〉

날빛은 저기에

여기 네 번째의 시조집을 펴내게 되었다. 세 번째의 『소리·소리·소리』를 펴낸 지 9년 만으로 1982년 초부터의 작품들이다. '자하산사' 생활에서 20년 만에 상계동(上溪洞)으로 옮긴 1989년 여름 그리고 90년 1월까지의 작품들을 묶어 '날빛은 저기에'라는 제목을 붙였다.

간혹 내 작품을 '자연에서의 정감을 삶과 접맥시켜 형상화한 것이다'라고도 한다. 그것도 내 작품의 흐름이었을 것이다. 그러나 나는 거짓 없는 나의 실상들을 담아보려 하였고 생명의 존귀함과 밝은 앞날을 바라는 염원을 읊어 보려 애써 왔다고 본다. 그것은 내 초기 작품인 「교차로(交叉路)」에서부터 보인다.

그런데 이번 작품들은 1. 흐름 속에서 2. 항아리 3. 북악에 단풍 들다 4. 영(嶺)을 넘어 5. 등대로 살다 6. 자하산사(紫霞山舍)의 화목보(花木譜) 7. 기행 시조 ① 보길도를 찾아 ② 미주기행 시조 등 일곱 덩어리로 묶어 보았다.

그 첫 덩어리에서는 급변하고 있는 현실 속에서 그 실상과 아픔들을 읊으려 하였다. 여기에서 어떤 평자는 '작품 경향이 달라졌다'고도 한다. 그러나 그 아픔과 혼미(混迷)들은 거기에서 벗어나서 '밝은 날빛'의 품으로 모두가 들어가야만 되겠다는 바램의 호소가 아닌가 한다. 서정(抒情)에서의 이탈이 아니라 그 얼비친 듯한 거울의 바탕은 잃지 않고 있다고 본다.

그 둘째 덩어리에서는 항아리같이 비어 있는 마음으로 내 삶의 둘레에서 느낀 바들을 나타내 보고자 한 것이요 그 셋째 덩어리에서는 계절감에서 오는 정감들을 담아본 것들이다. 어린이 시조도 몇 수 있다. 「깃은 헐리고」와 「다시 자하산사에」는 20년 살던 자핫골 옛집을 헐고 소위 빌라를 짓는 동안 일 년쯤 옮겼다가 다시 들어갔던 때의 감회를 적었다. 이 이전에 뒤에 있는 「자하산사(紫霞山舍)의 화목보(花木譜)」가 지어진 것이다.

그 넷째 덩어리는 여기 저기 발길을 따라 다니다 느꼈던 것들을 옮겨 놓았다.

그 다섯째 덩어리는 여기저기에서의 청에 따라 그것들을 찬양도 하고 축복도 한 작품들이다. 끝에 있는 「춘천간호대학 교가」는 시조는 아니다.

그 여섯째 덩어리는 자핫골 산사(山舍)에서 얻은 작품들인데 이 꽃과 나무들이 집 뜰에 옮겨져 아침저녁으로 가꾸고 바라보던 감회와 정의는 좀체로 잊혀지지 않는다. 그래서 여기에 실어 두는 것인데 이제는 다 없어져버렸다.

그 일곱째 덩어리는 조선조 3대 시가인의 한분인 고산(孤山)의 은거지였던 보길도(甫吉島)를 찾았던 감회와 난생 처음으로 미국과 캐나다를 다녀온 기행시조다. 지난해는 구라파 일곱 나라를 다녀본 기행시조가 백여 편이나 있는데 다음 기회로 민다.

이와 같이 숨김없는 내 생각과 삶의 모습들을 나타내서 세상에 선보이는 것이기에 사양 없는 질책들을 기다리려 한다. 내 나이 벌써 팔순의 고개 밑에 와 있다. 하나 이 생명이 다하는 날까지 잘 되거나 못 되거나 시조를 벗하다 가려한다.

끝으로 이 책을 세상에 펴내 주신 시민문학사 김용길 사장님, 편집에 애써 주신 여러분께도 뜨거운 감사를 드리는 바이다.

1990년 1월 18일

상계우사(上溪寓舍)에서

월하 리태극 씀

I. 흐름 속에서

삼팔선 부숴지며 밀어 닫는 붉은 무리
탱크를 앞세우고 장안을 휩쓸어 돈다
철옹성 장담하던 소리 아직 귀에 남았는데

주인 잃은 양떼들의 겁에 질린 눈망울을
이리 끌리고 저리 숨노라니
지루한 나날을 시고 목숨만을 이어가

연지 찍고 곤지 찍은 하고한 도둑고양이
감자알 보리죽으로 허리만 졸라매나
전선은 호남도 짓밟고 영남만이 남았다네

날치고 설쳐 뛰는 저들과 어울리어
무고히 죽여대고 끌어대는 젊은이들
그래도 자유를 바라 손을 모아 빌었다

소리 · 17

자유 평등 앞세우고 U · N의 구세군이
정의의 총을 들고 이 땅으로 모여서니
기고턴 이리떼들도 뒷걸음쳐 도망이다.

추석도 그렁저렁 수수이삭 늘어질 무렵
잃었던 서울도 찾고 환호의 물결 일어
추격의 포성은 멀리 압록까지 밀었다.

조밭 이랑 산기슭서 몇 밤을 지새웠나
나비떼 산새들을 얼마나 부러워했나
돌이켜 가늠해보다 다시 앞날 헤인다.

물빛도 새로워라 하늘도 드높구나
바랑을 꾸려지고 내 집으로 돌아오니
내닫는 인이의 눈매엔 이슬 먼저 아롱인다.

〈1980. 7. 15.〉

밤과 낮 가림 없이 더위와 추위 속에서
총칼 다잡아 이땅 지키는 용사들
부라린 눈 망울망울엔 조국만이 있을 뿐

그대들 있으므로 건설과 도약이 있고
이어진 맥박들이 영원을 약속하네
겨레들 한마음 한뜻으로 새 역사를 꾸며야지

저 시내 저 산줄기엔 조상의 얼이 스며 살고
저 건너 장막 속엔 자유 바란 우리 남매
통일의 동이 터오기 목을 늘여 기다린다.

장백산 한라산에 새 아침이 밝아오고
압록강 낙동강에 돛배 한가로울 때
한 생을 다 바친 보람이 무궁화로 피오리

소리 · 19
— 의령 사건을 생각하고

그 오로지 한 뜻으로
엮으려던 역사의 장(章)

과녁만을 견주어야 할
오늘과 내일인데

빗나간 총알은 마구
피바다를 이뤘네

미꾸리 한마리가
온 바다를 흐린다고

다가올 초록의 꿈은
조각난 기폭인데

한 한을 되씹어가며
내일 바라 사는 민초(民草)

〈1982. 5. 15 자하산사에서〉

속 소리 · 1

5. 16 광장 메운
피붙이의 울부짖음
30여년 그리움이
솟구치고 메아리쳐
한강의 여울을 넘어
허공으로 번지네

만나면 헤어짐이
세상의 이치라지만
남북의 형제자맨
바이 없는 기억 속에
오늘도 임진각에 올라
구름길만 더듬네

〈84. 2. 27〉

속 소리 · 2

사하라 상공에서
꽃으로 진 영혼들을
부르고 불러보는
어이없는 몸부림에
깊은 한 나울을 피우다
포말로만 흩는다

짐짓 쳐부수고
떠나버린 난폭자여
조각난 망령들만
물결 따라 소리친다
석양에 노을만 짙게
가라앉은 둘레에서

〈86. 5. 27〉

속 소리 · 3

랭군의 폭음으로
사라진 그 영혼들
큰 뜻을 안은 채
몸뚱이도 바치었네
이 겨레 가슴가슴에
큰 불길을 댕기고

인도(人道)를 외오 걷는
포악한 그 만행에
누리 곳곳마다에
응징의 소리 높다
피어낼 승리의 꽃송인
그 봄을 맞으리

〈84. 2. 27〉

황토길

역사가 징검다리로 이어지는 길이 있다
좁고 휘돌아서 마을과 마을로 간다
태고의 흰옷자락을 흙탕 속에 적시면서

해가 뜨고 달이 밝아 풀피리도 불어본다
어른 아이들이 턱을 괸 채 쪼그리고
옛애기 되풀어 들으면서 새 바람을 마시고

아스팔트 곧은 길가 비닐하우스 늘어서고
양옥이 여기저기 자세짓고 버티어도
살아갈 그 길이 가슴에 와 서린다

〈87. 3. 15. 자하우사에서〉

흐름 속에서

구겨진 옷깃 세워
트인 하늘 바라본다
시나브로 나노는
눈발 따라 거닐면은
그 생애 꺼져간 거품들이
노을 되어 흐르고

숨 가쁜 고비 오면
푸른 강물 그려본다
뒤덮인 먼지 속에
갈 길조차 잃을 때도
그 햇볕 저리 솟아서
원초(原初)인 듯 불타고

어둠을 짓씹으며
민들레꽃 다둑인다
흥부의 박씨라도 바래키는 흐름 속에
녹슬은 징을 치면서
따라서는 군상(群象)들!

〈1982. 12. 31.〉

손금을 보며

때로는 손을 펴고
손금을 응시하면
가는 금 굵은 줄이
일 뻗고 저리 얽혀
굴곡된 삶의 판도인양
가슴 깊이 닿는다

깊은 계곡 따라
물소리 노래짓고
불룩한 둔덕 위론
바람도 휘모는데
목숨줄 휘감은 언저리로
무지개도 어린다

좁은 그 속에다
운명도 맡겨 보고
하고한 세월자락
피어나는 소망들에
지그시 눈을 감은 채
되새기는 먼 그날

〈83. 2. 1.〉

박제(剝製)

목숨은 도륙되어 건성 버텨섰고
겨누는 동자는 항시 한 곳인데
날 듯한 그 자세에 자꾸 가슴만이 조인다

잃은 것도 얻은 것 있음도 없음인데
나래쳐 휘날자고 갈구하는 여울목에
비춰든 아침햇살만이 감기고만 있구니

찢긴 어제 오늘 목목에 휘감기어
바자님도 뉘우침도 아예 밀친 허상(虛像)이기
청자의 맑음을 긷는 내일내일 아쉬어

〈85. 2. 4. 아침〉

군상기(群像記)

가려진 햇살 찾아 창을 열려 버둥인다
토해낸 오물로 더럽힌 나날인데
회한의 칼끝만 세워 허공만을 자르며

눈은 감은 채로 네거리를 걷고 있다
신호등의 엇바뀜도 망각의 유역(流域)인데
아득한 회소(會蘇)의 노래가 내 발길을 따르고

귀먹어 골 쑤시는 소음과 연탄불 속
바래는 권속들이 각막에 인화된다
좀먹는 불멸의 벌레가 기승을 떨어대도

육지와 바다 속에 목숨 걸고 사는 무리
낡은 지폐쪽이 좁은 공간을 부침한다
역사의 탯줄을 감는 먼 먼 어귀에서

사색과 창조에로 얼비치는 가시밭길
고독과 소외 속에 노을로 져버려도
그 한생 보람만 찾아 억새의 꽃이었다

영하 10여도의 창안은 오히려 봄
외래로 색칠된 가면의 이방지대
호화는 다함 없는 갈증만이 물민다

〈84. 1. 30.〉

연탄의 의미

수 만년 푸른 정기
숯으로 굳어지고

다시 한 번 몸을 사뤄
희맑게 남은 덩이

힘겨운 장송(葬送)의 길목에
하얀 눈이 덮인다.

그래 그 온기는
떠는 이들 등에 스며

알건 모르건
추위와 맞서 본다

갈팡여 휘젓는 바람 속
날리우는 재인 채로

〈86. 2. 13.〉

삶의 의미

불볕이듯 북풍이듯 일렁이는 마음벌
깃발 휘날리어 따라잡은 길목길목
까마득 설령(雪嶺)의 손짓 그 너머에 숨긴다

찬 듯 빈 듯이도 열리고 닫기우고
갯벌 막아도 보고 준령을 허물음도
고 작은 가슴 속에 이는 실샘 같은 그 슬기!

치솟는 욕망들도 다독여 감싸 안고
갱 속 막장을 지키듯 사는 무리
열려질 그 하늘가에 무지개를 그린다

〈85. 11. 6.〉

자연(紫煙) 속에서

한 모금 뿜어내면
엉기고 흩는 흐름
하염없는 사념들이
둥실 떠 안김인가
나 또한 나를 잊은 채
눈을 가만 감는다

흘려진 삶의 모습
그 속에 잠겨지고
세상의 사연들이
휘감겨 뜨고 진다
가직이 오고 간 행방 몰라라
파르르한 연기 속이다

〈85. 4. 4.〉

꽁초

온 몸 불살라서
흰 재로 남는 생애
여한이 있어선가
새까매진 댓진 토막
가버린 삶의 껍데긴 양
가슴으로 파고든다

버리려다 손을 멈춰
재떨이에 모아 본다
호곡이 귀를 잡고
연기로 다시 인다
새빨간 불덩이가 곧
이글이글 다가올 듯

〈1988. 5. 5.〉

상황(狀況)

아스라 저 수평은
하늘과 닿았는데
갈매기 깃을 털고
섬 가로 내려앉다
고동은 드높이 울어
항구 항구를 떠나고

아침 해 둥싯 올라
넓은 들녘 고루 비춰
오곡도 키워내어
거둘 기쁨 자아준다
저 풍랑 가진 비리는
돛대 끝을 덮는데

〈1988. 12. 1.〉

공간(空間)

제비 돌아갈 깃으로
강 위를 가슴는가
비 개인 허공은
높이 구름을 안고
들국화 한송이 피어
이 가을을 부르네

고요가 겨운 한낮
빌딩 숲도 조으는데
오가는 소음들만
높이 퍼져간다
저 첨탑 남산에 솟구쳐
가늠하나 천심을

빙 돌아 제자린데
상념은 동서남북
웃음 아우성이
물결지어 엇갈린다
언제고 싱그러운 노래로
이 마음 채울 날은

〈1980. 10. 4. 밤〉

안개만 짙어

갈 길들을 찾아 나선
무리들의 허둥거림
경적과 전조등에
그만 우뚝 서버린다
태양도 그에 휩싸인채
넋도 잃었나보다

이제사 그 날빛을
애타게 바라면서
더듬더듬 길을 찾아
걸음을 이어 간다
더러는 빗달이어서
쓰러지기도 하면서

하나 그것은
때때로의 시험물
태양은 다시 밝아
갈 길들을 찾게 한다
벗이여 이 안개 늪에서
슬기를 찾아야지

〈89. 10. 22. 상계우사에서〉

저 풍경(風景)

메아리 영을 넘어 골 안으로 기어들고
갈증은 버릇되어 숨통을 마구 탠다
짙푸른 하늘은 그래도 산에 안겨 둥근데

거리를 휘젓는 바람 골목골목 감겨지고
엇갈리는 발자욱들 밀려서 오가는데
마네킹 투명에 갇혀 목소리도 감추었나

제 목숨 저당하여 돈으로 목숨 앗고
박쥐로 기승부려 어둠을 먹고 산다
되돌아 강보의 울음만은 진정 귀에 닿는데

〈89. 1. 18. 자하우사(紫霞寓舍)에서〉

풍향계(風向計)

부는 대로 움직이다
우뚝 서고 말았구나
갈팡이는 바람결도
물고 뜯을 뿐이어서
떠도는 구름발마저
칠흑으로 덮였다

어서 이 바람 멎어
풍향계를 돌려야지
저 산천 초목들은
자라기를 서두르니
해맑은 날빛을 찾아
세기의 문 활짝 열자

〈87. 12. 21.〉

지하철(地下鐵)

옛이야기처럼 땅 속으로 길이 났다
굉음과 함께 철길 위를 달린다
휘황한 전등 아래 빼곡히 체온들을 느끼면서

갖가지 생각으로 어제 오늘 내일들을
돌아보고 내다보니 알 길 없는 가슴 속들
그 한낱 해를 등지고 사는 두더지를 닮는가

내려주고 태워주며 거듭되는 숨바꼭질
그 길 따라 돌아오는 어김없는 순환자
이렇게 기계로 사는 그날들은 아닌지

〈87. 10. 1.〉

장애자(障碍者)

우리는 모두가 장애잔가 봐
청맹과니 절룩발이 갈 바를 못찾으며
시비만 얽혀버린 벼랑 끝에서만 맴도니

아름다운 꽃들도 지저귀는 새소리도
그저 아득한 채 허공 잡고 버둥이니
멀고 먼 샛별 등내를 바라민 볼 것인가

제 정신 가다듬으면 한라에도 오르는 것
가시덤불 물리치고 불 속에도 뛰어들어
그 생명 옳찬 숨결로 태양 겨눠 서야지

〈1988. 6. 14.〉

태백사설(太白辭說)

꽃 피고 녹음 지고 단풍에 눈 받으며
구름 위 연봉들과 하늘 받아 자리한 너
그 언제 바라보아도 길차기만 하구나

이 저쪽 옆구리엔 굴 뚫려 오고가고
천만 년 간직던 보물 다 바치고
말없이 그 옛 모습으로 세월자락 덮는가

저 기슭 아우성이 단풍과 마주 붉고
차창가 길손의 한이 눈으로 덮여
억만 년 그날을 바라 사는 태백줄기 그 줄기

〈88. 2. 23. 2시〉

Ⅱ. 항아리

항아리

비운 채 입을 열고
하늘 바라 숨을 쉰다

하고 한 세월자락
그리움이 솟구쳐도

지긋이 다독이는 둘레
살아 향은 흐르고

떨리던 그 숨결과
응얼진 그 눈초리

이어 타던 불길에
고뇌 함께 사룬 아침

환희와 좌절을 디딘
지순이여 빛이여

<83. 12. 25. 자하산사에서>

삶이여!

맑은 물 위에서
닦인 거울 속에서
제 모습 찾으려는
마음의 나울들
부산한 삶의 노을이
다시 이는 영역인가

가슴이 벙그는 꽃
피어나는 잎 잎 앞에서
가만히 눈 감으면
내가 있고 없고
높크온 누리 가운데
조각배로 떠 간다

〈1986. 9. 29. 자하산사에서〉

길

희뿌연 안개 속의 작은 길들을
뒤퉁여 넘어졌다 다시 일어 걸어간다
계절의 엇갈림 속에 사연들을 심으며

분계선 숲 속에도 진달래는 정녕 피고
흐르는 강물 오늘도 푸르구나!
끊겨진 길은 먼 대로 바람은 가는데

이 길을 걷노라면 못갈 곳 있으랴만
이 품을 열뜨리면 봄바람도 안기련만
이렁성 카인의 뒤만 좇아 걸으려는가

<89. 1. 20 자하우사에서>

등대

칠흑 속 버둥이는
삶의 뒤안 길에
넘치는 파도소리
저승의 문 앞인데
아득히 빛이 번득여
갈 길 잡아 세운다

외롬을 되씹으며
한밤을 지새우며
지향을 인도하는
다함 없는 그 마음
우리 다 이 빛 찾으며
얼싸둥둥 살거나!

〈1987. 2. 17. 자하우사〉

상계동(上溪洞)에서

백운 만경대에 수락 불암 에워진 곳
도심은 저 멀리 숲도 없던 둘레 안에
치솟은 아파트들이 어깨 겯고 서 있다

두꺼운 벽과 벽에 잠겨진 출입문들
가까운 이방지대 끊어진 대화 속에
떠오른 아침 햇살도 희뿌옇게 가리운다

떠도는 구름장들 허공을 휘덮다가
층층이 켜지는 불 암흑에 싸여들면
깃 털고 모이는 발길들이 층계 위를 찍어댄다

〈1990. 1. 4. 상계우사〉

중랑천(中浪川)

물결져 흐른 시내
상계(上溪) 중계(中溪) 하계(下溪)
월계(月溪) 석계(石溪) 지나
피래미도 놀던 이곳
토해진 거품만 싣고
소리 없이 흐느낀다

버들개지 잠긴 물엔
아가씨들 발도 씻고
은모래 펼친 가엔
씨름판도 들렸는데
버려진 오물찌꺼기로
역겨움만 솟는다

실 샘물 모인 청정(淸淨)
오염의 수렁으로
생명은 앗긴 채로
끊일 듯 이어지고
희맑은 달그림자마저
그 속에서 호곡한다

〈90. 1. 4. 상계우사에서〉

새들의 노래

포로록 파르륵 풀풀 펄펄 활활 저어
한 공간 임의롭게 수놓는 나날이여
시름은 아예 쪼아 먹은 길고 저른 생애런가

추우면 추운 대로 더우면 더운 대로
갈아입는 깃털 그 속의 체온 담아
생생한 추억을 씹으며 이어 사는 군상들

비비배 끼룩끼룩 무리 따라 외는 소리
애환이 가락지어 숲과 골을 누비다가
흔적도 보이지 않게 떠나가는 숙명이여

부화된 어린 목숨 다둑여 키워내고
비상의 습성으로 원근(遠近)을 나래치다
유한(有限)이 무한을 넘는 스스러운 그 연줄

〈83. 4. 6. 자하산사에서〉

공작

오륙 년 보살펴도
두려움에 쫓기는 너
알도 품지 않고
목소리도 하치않으나
펼쳐든 장목 무늬무늬엔
네 자랑이 넘친다

치켜든 고개에는
패기조차 넘쳐나고
옹골진 눈매에도
별빛마저 반짝이고
한 바퀴 휘돌아선 서슬
우주 또한 서린다

〈1982. 3. 31. 자하산사에서〉

호숫가에서

연잎 누운 호수 속엔
하늘도 잠겨 먼데
실버들 가지들이
마음 띄워 시를 쓴다
이 한낮 가멸은 둘레로
비둘기도 날아 돌고—

두셋씩 학도들의
나누는 속삭임들
싱그런 바람 타고
공간을 잠재운다
저 쉼 없는 아귀다툼도
잔물결에 떠간다

흐리면 흐린 채로
회오리도 맞았노라
얼고 터짐에도
봄은 정녕 맞았노라
오가는 세월을 안고
마냥 그대로 아! 그대로

〈84. 6. 4. 건대 美鑑湖 가에서〉

자핫골의 밤

외진 골짝 언덕 따라
크고 작은 불빛도 존다

호랑이 눈과 바뀌어
오르내리는 헤드라이트

외오 선 자하문은 굳게
이 한밤을 지새고

뒤얽힌 칡넌출로
변주(變奏)되는 소야(小夜)인데

젊은 사병들은
눈 비비며 초소에 섰다

굴곡된 역사의 길섶에서
새 아침을 기다리며

〈84. 6. 10. 자하산사에서〉

무명초(無名草)

돌 틈에 뿌리한 너
너대로 삶을 누려

그 작은 대궁 위에
노란 웃음 터뜨렸다

화사히 어울려 펼친
장미꽃 그 그늘에서

참고 견딘 세월 속에
한이랑 날려주고

빌딩 숲 저만치서
무명초로 사는 무리

해와 비 그 품에 안기어
불을 켜나 어둠 속에

〈85. 7. 6.〉

관초란(官草蘭)

보내준 마음 담아
물을 맞춘 보람인가
빳빳한 잎새 사이
솟아오른 꽃대궁
터뜨린 입술을 타고
향을 가만 솟군다

가난 지긋 씹어 길러
관가에 바친 사연
초라한 책장 앞에
옛일도 새김인가
고요는 해일로 일어
고뇌 더욱 감싼다

〈85. 2. 2. 아침〉

꽃, 꽃, 꽃

생김새 제 빛깔로
어울어 핀 공간이여

벌 나비 오건 가건
비바람에 맡겨 놓고

그 넓은 하늘을 안아
섰는 곳에 서 있다

눈 서리 어둠 속에
견디어 밝힌 목숨

억겁을 수놓으며
가만 가만 여는 희열

이 길목 어기찬 숨결도
감싸 웃는 꽃, 꽃, 꽃

〈84. 7. 11.〉

다시 꽃나무 앞에서

그렇게 그리던 너 노랑 빨강 웃고 섰다
네 마음 감싸 안고 한 생을 누리려나
4월은 호곡함인지 비바람은 휘모는데

희끗희끗 입을 열던 앵두나무 한 그루는
까맣게 때를 잊고 담장에 기댄 채다
다 함께 기리자던 마음 허공에 띄운 채

꽃이여 피려무나 온 산 앞 덮고 덮어
메마른 가슴가슴에도 향기를 주려무나
이 봄은 한양 간직고 살고 살아 가도록

〈80. 4. 19. 자하산사에서〉

꽃을 보며

흐드러진 장미 송이
아침 볕을 맞았노라

옥구슬 머금은 채
겹겹이 미소로고

먼 하늘 구름 너머로
띄워 보는 네 마음

땅거미 에워지자
숨겨지는 송이 송이

달과 별을 맞이하여
밤을 잇는 정화(情話)인가

한 도막 삶을 기리는
숨결 앞에 나도 가만

〈84. 6. 10. 자하산사에서〉

철새들

얼비친 물결 속에 지난날을 심어본다
흐늘어진 깃을 올려 빈 하늘 누벼 와서
떠도는 마음을랑 달래 자리 잡는 권속들

죽음의 징검다리 뜬눈으로 딛고 서도
맑은 목소리로 부르고 따르는데
노을은 산줄기 따라 저리 붉게 물든다

진정 가야만 하는 어김없는 길손인데
기쁨과 슬픔들은 뗄 수 없는 인연이기
한 자락 그림자로 남아 빈 늪을 덮는가

〈82. 12. 26. 자하산사에서〉

낙화(落花)여!
— 현충일에

장미 흐드러 피고 하늘은 희뿌연데
향내 감돌고 나팔소리 사무쳐 떨고
크작은 돌비 앞에는 말도 잊은 합장이다

나라 위해 바친 넋들 한강물에 씻기우고
못다한 한은 남아 민들레로 피고 지고
이 아침 흐느낌 속에 조국 또한 목멘다

6·25 어느 기슭 메콩강 잡초 속에
오직 한마음 목숨 돌비로 남고
이 겨레 소망을 감싼 어기찬 낙화여!

〈85. 8.〉

이순(耳順)을 맞아

이순의 문을 열고 흰 머리 쓸어본다
까마득 멀어진 길 노을이 깔리는데
만수송(萬壽頌) 드리는 술잔에 빙긋 웃음 어리네

노송(老松) 그늘 아래 꿋꿋한 그루 자라
그 뜻 이어받고 내 노래 닦는 자랑
저 하늘 푸름을 안고 살아온 나날이여!

품어 기른 병아리들 제요곰 나랠 치며
제 갈 길 찾아 사는 그 모습 바라보니
산 보람 가슴에 젖어 새 힘으로 솟는다

〈83. 7. 2.〉

Ⅲ. 북악(北岳)에 단풍 들다

북악(北岳)에 단풍 들다

북악 바위서리 단풍이 물들었다
무성턴 푸름 태워 바람에 휘말린다
오가는 아귀다툼도 가지 끝에 익히며

하늘은 드높아져 구름 점점 띄워놓고
바애는 그 빛 감싸 아득히 둘렸는데
눈물과 웃음 노을 져 해는 서산 넘는다

이렁 불타다가 서릿발 눈 내리면
언 가슴 다독이며 인고의 세월 안고
새봄을 새봄을 맞으려 나이테를 감는가

〈1988. 11. 5. 자하산사에서〉

단풍을 바라보며

검은 바위서리
우거진 교목 관목
한여름 푸르름을
누를 길 바이 없어
햇볕에 발 돋아 딛고
붉게 붉게 타 간다

연거퍼 전해지던
세상의 아우성도
산열매 먹고 사는
새 소리에 섞어놓고
스산히 떠나갈 때를
바람결에 맡기나

이제 마지막 정열
산등을 누벼 가고
푸른 하늘도
멍청히 빗겨 섰는데
가마귀 소리도 없이
석양만을 가슴네

〈79. 10. 19. 자하산사에서〉

구름

둥싯 봉을 감아
저 하늘 떠돌다가
사방 권속들과
손짓하여 오고간다
태고로 매임 없는 삶
누려 길이 살거나

순수를 자랑타가
칠흑도 떨뜨리고
노을로 불타다가
자취 없이 사라진다
그 변신 어이 알으리
저 공간의 방랑자

달빛도 감싸 주다
해도 감아 덮는 너
단비도 뿌리다가
들과 집을 허물기도
갈수록 가늠할 길 없는
이 조화의 작란꾼

<89. 1. 20. 자하우사>

바람

포근히 안기다가
땀방울도 시켜주고
산들 재롱치다
살갗을 에이기도
사시절 심술궂은 너를
외면할 순 없는 것

세상 바람도
너를 닮았나봐
갈갈이 찢다가도
보듬어 다독이니
한 생을 바람받이로
애환(哀歡)하는 길손인 것

〈87. 12. 19 자하우사〉

이 봄아

아롱아롱 뻗어난 꿈
금잔디에 얹어 두고
아스라 하늘 저편
연처럼 띄우는 정
하고한 세월을 비껴
불러보는 이 봄아

고사리 손 여린 줄기
망울망울 터치는 소리
아플사 보듬어서
보조개 짓는 모습
헝클은 길손의 가슴에도
푸른 빛이 고이네

〈82. 4. 20. 자하산사에서〉

봄 노래

아우성 쓸어안고
꽃망울은 터지는데

길 잃은 무리들이
골목골목 서성인다

그 언제 저 날빛 더불어
봄 노래를 부를까

〈89. 6. 4. 상계우사(上溪寓舍)에서〉

푸른 여신(女神)

하롱하롱 꿈을 안고 영을 넘는 푸른 여신
언덕 밑 꽃다지도 살포시 다독인다
그 언제 휘몰아치던 눈보라의 강산에

다시 온 강남 제비 갸웃갸웃 비비 울고
버들 가지 연둣빛이 공간을 물들이니
연분홍 가슴마다에 봄은 정녕 열리네

가시밭 겨운 삶에 나날이 서글프고
몰아치는 꽃새움에 몸살은 못 풀어도
씨알을 깊숙이 묻고 기다리는 너와 나

<82. 3. 30 자하산사>

연꽃으로
— 이일향 여사 환갑에

훈풍을 받으면서 피어난 꽃망울이
따가운 햇볕 받아 흐드러져 웃는고야
잎새에 오른 물방울들을 구슬구슬 굴리며

연분홍 꽃잎 열어 풍기는 그 향기는
멀리멀리 날아 퍼져 가슴가슴 주는 기쁨
내 노래 다지는 보람에 외로움도 잊는가

맺어놓은 열매들은 보람찬 님의 보배
이 아름다움과 향길 고이고이 간직다가
만나는 그날 그때에 님의 품에 바치리

〈89. 8. 8. 상계우사에서〉

어린이 시조들

1. 걸음마

기우뚱 옮겨 놓고
하하하하 손 흔들고
또 한 발짝 띄어보다
엉덩방아 찧고서도
일으킨 엄마의 손길
뿌리치는 고사리 손

2. 잠투정

으아 입 언저리에
스며내리는 눈물방울
둥개둥개 쓸어안고
마음 졸이다 보면
그 눈물 옷섶을 적신 채
스스로 새근새근

3. 별따기

긴 막대 둘러메고
언덕으로 달려올라
어둠 속 반짝이는
별 하나 따보려고
발돋움 발돋움치며
휘젓고 휘젓는다

4. 개구장이

질펑한 수렁 마당
이리 뛰고 저리 뛰며
강아지와 어울리어
넘어지고 자빠지나
얼굴엔 앙괭이 그려
희희하하 손뼉이다

5. 새치기

아이들 줄을 서서
버스를 기다린다
언 발을 동동동
찬 입김 엇갈린다
새치기 큰 몸뚱이를
우우하고 밀어낸다

〈1986. 10. 30. 자하빌라에서〉

그 모습

전철 한 구석에
보듬은 아기 엄마
소리 없는 자장가로
안위 비는 그 마음
바람도 싱그러웁게
차창가로 맴돈다

오직 따스워라
아가의 체온이여!
마냥 봄바람이
쌔근대는 숨소리는
지그시 지켜 앉은 그 모습
소음마저 멎는 듯

〈1986. 10. 28.〉

눈이 내리면

겨울의 전령들이 소리 없이 내려오면
거칠던 산과 들도 흰 옷으로 단장한다
나는야 마당가에서 검둥이와 놀았고

점순이는 싸락눈을 입쌀이라 받아 모아
밥 짓고 떡 만들어 주린 배 불리잔다
그 모두 흘러간 꿈으로 머리에만 눈을 였네

철롯가 아파트 숲 그 마당에 눈이 내리면
구부정 손자들과 손에 손 마주잡고
추한 것 말끔히 씻어달라고 춤을 우쭐 추어보리라

〈89. 10. 30. 상계우사에서〉

깃은 헐리고
— 1970~1986 여름까지 정들었던 자하산사를

서울 살이에서 가장 오래 머문 자리
짐 꾸려 옮긴 빈터 정적을 깨고
크레인 드높은 소리로 허물어져 가기만

정 어린 선물이기 정들여 가꾼 오동
십칠 년의 흔적 그냥 나뒹굴어 떨고 있고
싱그레 너울대던 파초도 소리 없이 쓰러졌다

방싯 반겨주던 산목련도 흔적 없고
겨우 살려 피우던 매화도 살지 말지
추위가 닥치는 언덕에 세워지는 골조기둥

용문산정(龍門山頂)에서 옮긴 원추리꽃 맺힌 정도
파로호에서 맞아온 상사화의 그리움도
뿌리서 돋아 자라던 감 그루도 먼 기억뿐

볼 붉혀 안겨오던 대추알도 아물아물
주저리 달려 웃던 청포도도 눈에 어리고
그 그저 허수아비로 허공만을 바라본다

사십여 편 자하산사의 화목찬(花木讚)도 시로만 남고

아침저녁 매만지던 손길도 자취로만 남아

주름진 얼굴만 들고 석양 길을 밟는다

<1986. 11. 16. 자하빌라에서>

다시 자하산사에

— 1987. 5. 30. 우림빌라로 옮기며

소위 문화주택이란 새 빌라로 옮기다
쌓아두었던 책을 싣고 온 옛 자리
사라진 화목(花木)들의 망령만이 소리 없이 맞는다

살기엔 편하지만 갇혀진 새장 속에
철문은 굳게 닫히어 지척도 천리인 듯
조여진 마음을 다독이며 창문만을 보라서다

길들면 그저 그냥 살아갈 순 있겠지만
꽃 가꾸고 새 기르고프고 흙도 새록 그리워라
모든 것 다 떨쳐버리고 돌아갈까 전원으로

〈87. 7. 9.〉

꽃, 꽃으로

아아라 검은 지평 훌쩍 넘은 새 기슭에
종소리도 맑게 새 빛이 밝아온다
오롯한 소망을 바라 두 손 모은 겨레들

세기의 지렛대를 다잡은 손과 손에
태백의 정기 넘친 슬기도 너울진다
아가들 별빛 눈매에도 햇볕 더욱 부셔라

울타리 가시밭길 오르다 부숴치고
바다와 하늘 멀리 젊음을 심노라면
임술(壬戌)의 이 한해도 길이 꽃으로 피오리

〈81. 12. 10. 새아침에 붙여 자하산사에서〉

다시 동이 튼다

기쁜 일 슬픈 일들 두루 말아 걸머지고
계축은 말도 없이 어디론가 떠나간다
갑자년 동트는 여명은 손짓하여 반기는데

어제 본 삼라만상 이 아침이 새로웁고
다시 뜨는 태양이 이렇게도 반가울까
새 마음 새 기운들이 들에 산에 넘친다

해돋이 나라 아사달의 흰옷 무리들
줄기찬 역사의 줄을 휘감아 쥐고 쥐고
세기의 새 날을 바란 새 꿈들을 다진다

시주(侍主)와 보시(布施)에 찬 삼천 대천 넓은 공간
너 나 없는 너그러움 다 함께 지켜 살면
평화와 자유의 그날이 길이 찾아 들리라

〈83. 12. 11. 자하산사〉

새날의 기원

랭군과 칼의 상흔 감싸 안은 채로
계해를 넘어 갑자가 다가선다
예대로 그 햇살 맞는 방방곡곡으로

어둠을 이겨 살던 동방 선비의 나라
각각으로 밀려드는 고난을 딛고 넘어
이어온 조상의 업을 떨치고 설 이 아침

바다가 육지 되어 오곡도 무르익고
엔진 소리 드높게도 닦아 가는 우리 기술
삼천리 가는 곳마다 새 하늘이 열리리

온누리 곳곳으로 뻗어 가는 우리 손길
새 햇살 오로받아 옹글어 익어지면
그날의 우리 깃발이 누리 덮어 휘날리

〈83. 1. 1. 자하산사에서〉

스승님

자나 깨나 느스름 없이 살펴주는 그 은혜
마음과 육체 사이 소금이요 기름일레
이 한생 다할 때까지 갚아가도 남으리

때로는 꾸짖기도 눈도 흘기지만
한 발짝 앞서 가는 심마니의 그 마음벌
오로지 굽은 등 보이며 한 길 걷는 나그네

욕을 먹고서도 발길에 차이고도
견디어 눈물짓는 어버이 같은 사랑
그 길찬 무영탑 위에 날빛 환히 밝으리

〈1988. 6. 자하우사에서〉

Ⅳ. 영(嶺)을 넘어

영(嶺)을 넘어

관동 팔백리 길 영마루에 내가 섰다
아흔아홉 굽이 돌아 비구름 싸인 동해
흥건한 땀을 씻던 시절을 눈에 선히 새기며

율곡도 어머니도 저기 앉고 서서
온 길 갈 길 바라보며 푸른 하늘 우러렀지
오늘은 차를 세운 길손들이 눈을 감고 저기 섰다.

영 넘어 내리는 길 동서도 다르지만
바다 건넌 또 산이요 들 넘언 또 영과 영
이렇게 오르고 내리다 한줌 흙으로 남는 것

없음도 있음이오 있음도 없음이라
호서의 큰 장마 울부짖음 귀를 막네
그 영도 삶의 한마루 또 넘어 가는 길

〈1987. 7. 27 새 자하산사에서〉

관동팔경(關東八景)

序　曲　관동 팔백리의 바다를 따라 내려
　　　자연히 이루어진 경관들을 찾아내어
　　　옛부터 일러 전하기를 8경이라 하였지.

叢石亭　물 위에 둥싯 앉아 시객을 부르던 곳
　　　지금은 육모기둥만 말없이 물에 감겼다
　　　신선도 놀았다는데 눈에 암암 멀기만

三日浦　금강을 바라보며 백사에 안긴 연못
　　　사선(四仙)이 내려와서 사흘을 놀았다네
　　　감아도 선연히 보이는 삼일포가 그립어

淸澗亭　청간정 저기 있네 갈매기들 비로 듣네
　　　밀렸던 파도들이 돌아나가 꽃 피네
　　　노송은 굽은 손길을 펴 나그네를 반기네

洛山寺　의상은 어데 가고 산사(山寺)도 말이 없네
　　　의상대사 저기 앉아 해돋이를 바라보네
　　　천여 년 무명을 깨는 목탁만은 울리는데

鏡浦臺　맑은 연못 옆에 두고 먼 바다도 바라본다
　　　달이 뜨면 술잔이 셋 달밤에 찾을 것이
　　　시끄런 여름 저만 두고 눈 맞으며 찾을 것이

竹西樓 五十천 나린 물이 굽이짓는 언덕 위에
       덩그렇게 나래 펴고 반겨주는 죽서루
       구름도 한가로워라 태백산이 안긴다

望洋亭 언덕 위 높이 앉아 바다만 바라본다
       가는 배 오는 배의 소식은 어떠한지
       바람이 휘 지나가면서 옷자락을 날린다

越松亭 소나무 둘러선 곳 고요로운 월송정이
       더위 먹은 나그네들 쉬어가라 손짓한다
       수많은 숨소리만 남고 새소리도 그친 듯

結 詞 총석정 삼일포는 어느 때나 볼 거인가
       나머지 6경은 언제든 갈 수 있다
       관동의 빼어난 경승 영원한 우리의 자랑

〈1987. 7. 11. 새 자하산사〉

서귀포 칠십리 다시 찾고

굳어진 검은 바위 물결이 재롱짓고
시원히 나는 바람 백록으로 치닫는데
허허한 공간에 안겨 이 언덕에 서 있다

국토 겨웁게 지고 남극석 바라는 눈매
물새 산새 소리는 나를 내가 잊게 한다
수평선 둘레를 넘어 구름 둥둥 떠나고

천지연 정방폭포 태고를 말해 주고
감귤 바나나 밭 오늘을 익혀 준다
서귀포 칠십리 길 내일 바라 굽이돈다

〈89. 6. 19. 상계우사에서〉

향사 3제(鄕思三題)

1. 소양정

봉의산 업고 앉아 소양강 안은 채로
예 이젤 갈마 살아 회포에 겨움인가
돋는 해 지는 달 바라 벙어리로 섰는 너.

2. 앞뜨루

조 수수 너울짓고 닭소리도 한갖던 곳
기적이 드높고 폭음도 요란하다
그 누가 상전벽해(桑田碧海)를 놀랍다고 하였던고

3. 뒷뜨루

복숭아 살구꽃에 능금밭 오솔길에
봄 가을 찾던 이곳 추억으로 더듬는데
높낮은 새집과 굴뚝들은 내일 보란 이야기

〈1983. 4. 18.〉

동굴(성류굴에서)

수 없는 세월 숨어 살던 동굴 속에
종류석 줄기 뻗어 찾아진 소망인가
인내로 지켜온 오늘 숨소리도 들리네

감췄던 모습들이 전등불에 바애인다
줄줄이 고드름에 버섯 꽃대궁으로
뭇짐승 어우른 골짝도 스믈스믈 피어온다

물도 솟아 고이고 굴도 깊게 이어졌다
작은 소리 메아리 져 가슴 가슴 안기운다
자연은 이렇게 살아 한 역사를 이루는데

〈88. 1. 26. 11시〉

독락당(獨樂堂)에서

사백년 옛 바람이 독락당 처마에 운다
카랑한 목소리에 도포자락 휘날린다
썩어진 고목등걸엔 휘초리가 돋아나고

이끼 낀 기왓골 위 하늘 그저 푸르렀고
숨죽인 골 안에는 경운기의 폭음인데
낙서재 문은 닫힌 채 산새소리도 그쳤다

흐린 세상 마다하고 이곳에 숨어들어
진리의 심마니로 보람 찾던 그 선비
얼붙은 개울 물줄기로 기다렸나 새봄을

〈1988. 1. 28. 11시 독락당에서〉

내 고향 화천이여!

금강의 옥수 따라 땅 파고 논 일구어
오손도손 살고살온 내 고향 화천이여
조상의 숨결도 따습게 이어내린 이 맥박

파로호(破虜湖) 모진호(母津湖)는 우리의 맑은 마음
용화산 높은 정기 우리의 굳센 기상
다가올 세기를 바라 뻗어나갈 내일이다

삼팔선 벗은 기쁨 동토(凍土)에도 펼치도록
어른 아이 보살피며 있는 힘 다해보세
웅비할 조국의 내일 우리 함께 나눠 지고

〈1987. 3. 1.〉

산수(山水)의 고향

깊은 산에 안겨
어짊을 잃지 않고
맑은 물 바라보며
슬기를 안 무리들이
풍요의 먼 발치에서도
예 이제를 살아왔네

철 따른 금강 소식
한강으로 띄워주고
골골을 누벼 우는
산새들의 가락 맞춰
뿌리고 거두어 사는
이 고장의 어버이들

한때는 철의 장막
파로호는 피의 바다
되찾은 자율 안고
지켜 새는 휴전선
보람찬 내일을 바라
맑아오는 화천이여!

〈84. 5. 12. 자하산사에서〉

파로호

산굽이 물굽이를
돌아 오른 호수 속에

내 어린 시절이
아스므레 웃고 있다

그 어언
반세기의 풍상
꿈인 듯이 흐르고

봄이면 돛배 두어 척
물길 따라 올랐고

가을 되면 금강산이
단풍잎에 실려 왔다

옹종기
초가로 어울려
숨 고르던 강변 마을

밀리고 밀어 찾은
피어린 고향인데

녹슬은 철망 저쪽
어기찬 천리 동토(凍土)

파로호
꽃바람 타고
웃음 동산 이뤘으면—

〈83. 12. 28. 자하산사〉

호반의 고향 춘천이여!

맥(貊)의 맥(脈)을 이은 우리의 보금자리
봉의산 그 품에 싸여 오늘을 이루었네
펼쳐질 내일을 밝힐 저 태양을 안고서

의암호 소양호엔 푸른 물결 미소짓고
억센 손길들은 쉼도 없이 움직인다
심장의 고동도 느높은 깅원의 젖줄로서

진달래 무궁화가 피고 지는 이 영역에
어린이들 손을 잡고 어른들 받들면서
자유와 평화를 지키어 길이길이 사옵세

〈87. 3. 1. 자하빌라〉

청령포(淸冷浦)를 찾고

청령포 휘감은 물에 구름이 둥실대고
노산(魯山)의 어린 모습도 잠기어 물살짓고
오백년 그 옛 울음이 여울목에 걸렸네

왕방연(王邦衍)의 시조비는 저기 서서 말이 없고
풀숲 속 빈 터에는 개미들만 오간다
찾아든 발걸음들도 멈춘 대로 그대로

해 다 져 어둡도록 벼랑에 올라서서
그리움 감싸 안고 한숨만 띄워대던
서망대(西望臺) 이 가을 맞아 고요 더욱 더 깊어

해 다 솟아 높도록 동망대(東望臺)에 빗겨 서서
사그는 가슴 달래 무상(無常)으로 울던 여인
동과 서 마주 이으려던 사람사람의 정이여!

꽃망울 그 나이에 그 무슨 업죄 있어
던져진 그 시체 목숨 걸고 거둬내어
이 언덕 높이 묻고 간 그 사람이 다가오네

〈1986. 10. 19 자하빌라〉

해운대

재롱짓는 흰 모래밭
물결은 먼 수평선
갈매기 나래 춤으로
해와 달 뜨고 지고
그 항상 영원 속에서
결을 찾은 삶이예

사시로 바뀌는 모습
가슴 깊이 감싸주고
오가는 크고 작은
뱃길의 표적이여
해운대 구름도 감돌아
불러 보는 그 이름

〈85. 1. 4. 자하산사〉

V. 등대(燈臺)로 살다

등대로 살다
- 노산을 기려

가고파라 내 고향에 8순을 떠나 살다
피어린 6백리에 맺힌 한 남기신 채
고요히 등대로 남고 몸은 먼저 뜨셨네

오로지 내 땅 내 겨레 부둥켜 안으시고
노래로 글로 피 섞어 펴낸 염원
어엿이 이 땅에 남아 크신 등불 되오리

미소에 엄엄한 모습 상기 눈에 어리우고
이 강산 찾던 길목 여기저기 새로운데
몇 평의 국립묘지에 누워 한 말씀도 없는가

모두가 가야만 하는 그 길에 드시었으니
조국의 나아감을 멀리 굽어 보시며
백두산 드높은 봉에도 불을 밝혀 주소서

〈82. 9. 30. 자하산사에서〉

왕산(旺山)이시여!

천주의 품에 안겨 생을 펴 산 그대
이제 모든 것 마무리고 먼 길 떠나가나
이 성당 가득한 애모 땀방울에 젖고 드네

버림 받는 목숨들을 안아 안아 보살피고
깊숙히 맺힌 정은 노래로서 자아내고
짧다는 생애를 펼쳐 산가 싶이 살고 가네

믿음과 삶을 엮은 다섯 권의 시조집에
마지막 심금을 또 적어 남겼다네
외로움 다독여 안고 영생의 길 바라며

편히 잠드소서 손 모아 비는 마음
온유한 미소는 길이 남아 향기이고
저 먼먼 보좌에 앉은 영생의 빛 보옵네

〈84. 10. 1〉

밝은 등대 되어라
— 서울대학신문 창간 38주년에

겨레의 배움터로 낙산의 품에 안겨
빼어난 지성으로 새 역사의 문을 연 때
그들의 귀와 입으로 닻을 올린 대학신문!

그 벌써 삼십팔 년 고락도 함께 하며
바른 말 옳은 주장 굳세게도 자라 왔네
지금은 관악 원두에 다함없는 빛이라네

갈 길은 멀고 높고 할 일들 하고 많네
젊음의 기상이며 사회의 대붕새들
그 맥줄 이어 넓혀갈 사명이사 크옵고

지극히 작은 소리도 다져진 진리들도
두루 찾아 달래주고 바로 가려 인도하여
대학의 밝은 등대 되고 세기의 횃불 될지어다

〈1984. 10. 9 한글날에〉

이 땅의 등대로
— 서울대학교 38주년을 맞아서

겨레의 배움터로 낙산의 품에 안겨
빼어난 슬기로 새 역사의 장을 열어
그 어언 삼십팔 년을 길차게도 살아 왔네

지금은 관악 원두 다함없는 빛이 되고
자유와 진리 찾아 밤낮을 지새웠네
끝없는 포부와 이상의 탑 드높이 세우자고—

갈 길은 멀고 높고 할 일들 하고 많네
젊음의 기상이며 사회의 대붕새들
그 맥을 이어 넓히는 모교 더욱 거룩다

최고는 최소함의 합 모두 함께 힘을 모아
학구의 길잡이로 진리의 수호자로
이 대학 이 땅의 등대로 온누리를 밝히자

〈1984. 9. 12. 자하산사〉

내 말글의 꽃등불
— 서울대학교 국어국문학과 동창회보 발간을 기려

매였던 사슬을 끊고 메아리 진 말글의 울림
낙산 기슭에서 그 첫발을 내딛었다
도남님, 일석, 일사, 심악, 가람님을 모시고

뜻있어 모여들은 청중년의 학도들
제가끔 길을 세워 내 말글 일군 글밭
이 나라 어문학의 역군들로 그 영역을 넓히었다

낙산의 보금자리 관악으로 옮겨져도
연학의 길은 벋어 동문 벌써 천여 명
젊음의 기개 더욱 드높아 앞날 더욱 밝아라

흰 머리 검은 머리 한 자리에 어울리어
오가는 너스레에 정은 더욱 깊어지고
나누는 진리의 샘물 더욱 맑아 넘친다

〈1986. 11. 18. 자하문빌라에서〉

언론의 깃을 펴고

태백의 산맥 따라 예맥(濊貊)의 맥을 이어
순박한 무리들이 골골을 갈마 갈고
세기의 새 물결에 안겨 살아온 어제와 오늘!

이 무리의 입이 되고 귀가 되고 창이 되려
무관(無冠)의 왕으로서 깃을 편 강원일보(江原日報)
그 벌써 서른아홉 번째의 생일날을 맞았네

어눌한 필설로서 정곡을 맞추었고
끊임없는 목탁소리 가슴가슴에 스미었네
언제나 앞을 서 가는 팔백만의 길잡이

금강, 설악, 오대, 태백 우뚝우뚝 솟아있고
관동팔경, 호수, 호수, 우리들의 자랑이라
은근히 뻗어 솟는 기운 억겁으로 이어가리

바른 말 옳은 주장은 언론의 생명이라
먼 일 가까운 소식 보다 앞서 일러주고
도민의 소망을 높여 누리 바라 살어리

〈84. 9. 7.〉

부처님 오신 날

이천오백여 년 전 멀리 룸비니에서
왕자로 태어난 인간 석가모니는
부왕도 저버려 두고 수도의 길로 드시다

칠년 고행에서 해탈의 기쁨 얻고
부왕도 아내도 바라문도 빈자들도
모두 다 이끌어 보듬어서 기쁨 함께 히시디

45년의 가르치심 오늘에도 길이 남아
온 누릴 비춰 참 삶의 등대 되어
오신 날 합장 합장들하고 등은 등은 밝았네

〈86. 4. 22. 자하산사에서〉

겨레문화의 꽃
— 민족문화추진회 20돌에

겨레의 슬기로 핀 문화의 꽃도 천여 년
그 보배 이어 길러 누리에 펴고자 선
추진의 망치소리도 스무 해가 울렸다

방면(方面)의 석학들은 늙음도 잊은 채로
모두 슬기모아 전적(典籍)을 파헤쳤기
그 벌써 수 백 권으로 새로운 꽃 피웠네

아직도 많은 꽃을 색과 향을 가리어서
후세의 등불 되게 피우고 가꿔야지
억만세 빛날 보배로 길이 보존되도록—

〈85. 10. 7.〉

새빛을 바라
— 동덕학보 신년축시

금빛 깔고 동해 높이
새해 덩실 솟아 올라

삼천리 골짝마다
새 빛이 비춰드네

한배검 이어내린 무리
모두 나와 손 모으고

지난 일 거울 삼아
내일들을 꾸며 보세

반만 년 내린 슬기
우리의 보배이어라

꾸준히 펴고 닦아서
온 누리를 밝히세

꿈에도 잊지 못할
남북 겨레 손을 잡고

대대로 물려받은
홍익(弘益)의 뜻도 새롭게

황소의 영각소리로
이 새 길을 열고 열세

여기는 배움의 터
이 나라 새 여성들의

낭만과 이상들로
활짝 필 꽃밭이여!

떠오른 새 빛을 바라
진리의 탑 세우세.

<85. 1. 4. 자하산사에서>

새 하늘은 열리고

드높은 푸른 하늘 끝없이 열려온다
해돋이 나라 사천 삼백 넘는 새해
모두가 희망의 나라로 먹구름을 헤치련다

동해에 둥실 뜬 해 서해의 노을 타고
천지(天池) 높은 기상 한라(漢拏)의 숨결 되어
맥맥히 이어온 성이 새닐 바라 엉긴다

슬기와 인내로 지켜온 수난의 길
씌워진 사슬도 끊어 치울 그날 되면
동방의 새 빛으로 솟아 누리누리 밝히리

자라는 어린이들 배우는 젊은이들
저 높은 곳에 그대들의 길이 있다
세기의 수렁 속에도 새 하늘은 열린다―

〈1983. 1. 7. 9시 30분 자하산사〉

빛이소서

동해 넘실 햇살 받아 경포 더욱
맑은 강릉
우리의 시조를 뭉쳐 첫 걸음을
내딛었네
이 모임 저 해를 따라 길이길이
빛이소서

〈85. 10. 30. 자하산사〉

보광송(普光頌)

동해의 넓은 마음
관동을 감싸 안아
뜨는 해 밝은 뜻으로
가슴가슴 비치운다
해맑은 그 너그러움에
모두 손을 모으고

지긋이 피는 미소
오뇌 또한 스러지고
삼천대천(三千大千) 모든 중생
이 뜻 받아 회생한다
보광의 목탁소리는
그지없이 이르리

〈87. 10. 24.〉

또 하나의 횃불

여기 또 하나의
횃불을 켜 올렸다
산길 물길 헤쳐 사는
시조의 심메꾼들
예돌아 후미진 골짝도
고루 비춰주려고

무궁화 피고 핌이
겨레의 넋이어든
내 노래 이어받아
길찬 내일 바라야지
이 횃불 모두 지키어
온 누리에 밝히도록

〈1984. 2. 25.〉

터울

남끼리 손을 잡고
한 형제 자매 되어
남강의 흐름처럼
먼 훗날 바라보며
우리의 노랫가락에
흥이 새록 돋친다

솟치는 생각들을
청자에 담아놓고
지리산 봉우리에
눈망울이 초롱이면
진양성 새 북소리도
새 아침을 펼치리

춘천간호대학 교가

1. 태백의 정기 받은 유구한 역사 안에
    가리어 세워진 우리의 대학
    배우고 닦는 힘 키우고 키워
    겨레와 인류 위해 바치오리다

    후렴
    우리는 건강의 사도 백목련의 떨기떨기
    사랑과 봉사로서 나날을 이어 살리

2. 봉의산 그 품 안에 길리운 우리
    소양강 그 물처럼 맑게 흐르리
    진선미의 깃발을 드높이 메고
    구원의 슬기 닦아 전진 있을 뿐

3. 보아라 푸른 하늘 구름의 꽃송이들
    자애로운 눈동자와 부드러운 손길
    아픔과 괴로움도 말끔히 가시는
    웃음의 새날들을 창조함이여

〈1974. 5. 자하산사에서〉

VI. 자하산사의 화목보

서곡

개나리 진달래로 봄을 여는 자하산사
모란 난초 장미화로 무궁화가 이어피고
국화꽃 담쟁이가 이울면 흰 눈꽃도 반기네

개나리

담장에 걸치어서 노란 웃음을 터뜨리면
얼었던 가슴 녹고 시름도 삭는 하늘
내 한 점 구름으로 떠 너와 함께 흐르리

진달래

그 어느 연모이기 연분홍 웃음인가
아침 저녁 반기는 듯 가슴에 안겨들어
산자락 불태우는 모습 눈을 감고 그려본다

복숭아꽃

꽃도 주고 열매도 주는 너는 한낱 보시잔(布施者)가
연록 잎새 더불고 봄을 하냥 기리다가
팔팔팔 땅위로 나려 다시 꽃을 피우니

철쭉꽃

진달래 뒤를 이어 환히 벙근 너의 자랑
하고한 사연을랑 옛 얘기로 꾸려두고
앙증히 푸름에 싸여 오늘을 사는 너

산목련

산목련은 아직인데 연보라 두툼한 입잎,
뭔 사연 안으로만 감싸 뜨락을 지키더니
아픔도 미련도 잊은 듯 시나브로 떨리네

삼단화

무성한 푸른 잎 속 줄기줄기 다다붙어
주황빛 타는 정에 발길도 멎었는가
네 향념 지우지 못할 감겨드는 숨소리

라일락

길 넘게 뻗어올라 연보라에 흰 관 쓰고
그 4월 울부짖음 기리어 섰음인가
살포시 안기는 향도 가슴 가득 쌓이네

홍도화

겹겹이 감싸 안은 주홍빛 꽃타래들
엇비슷 빈 공간에 그려진 화폭일래
어디서 흰나비 한 마리 살풋 날아 앉는가

황매화

노란 송이 송이 의초롭게 나눠 앉아
소근 소근 주고 받는 그 말도 듣는 듯
가는 봄 아랑곳인가 누려 사는 한 생애

백매화

봄 소식 전하는 듯 옥구슬 둥근 얼굴
꽃새움 차운데도 두어 해 되더니만
그 언제 꺾이었는지 겨우 새순 돋히네

배꽃

도리 행화(桃李杏花)는 우리의 새봄
배꽃도 예로부터 시전(詩箋)을 수놓았지
키 작고 갸냘픈 가지에 하얀 웃음 벙그네

팥배꽃

울 너머 절로 자란 팥배나무 두 그루
봄을 놓칠세라 다투어 꽃 피우네
가을엔 발간 열매가 대롱대롱 달리고

앵두

꽃은 어느 사이 파란 열매 조닥조닥
터질세라 빨가장이 가지가지 받쳐 들면
더위도 삼간 영역에 내가 나를 잊어라

겹벚꽃

뒷문 안 지켜서서 탐스러이 벙글었다
드나는 사람에게 정도 함께 나눔인지
바라는 눈매 눈매에 꽃물 가득 고이네

군자란

보란 듯 주홍색에 두 세 송이 퍼든 날은
발길도 가벼웁고 종일토록 밝은 마음
엇갈린 가슴마다에 나누고파 이 은총

작약

진분홍 함박송이 젊음을 자랑하더니
두 해째 자취 없이 입사귀만 무성하여
떨리는 손길을 가누며 곁에 가만 앉아본다

모란

5월의 여왕이듯 홍안의 소년이듯
훈풍에도 흩음 없이 햇볕을 안고 안아
역겨움 다 밀어 치운 채 그 한생을 웃고 있네

오랑캐꽃

이름에 사맞잖는 난쟁이 그 작은 꽃
봄을 어김없이 쪽빛 얼굴 갸웃갸웃
풀언덕 여기 저기서 손짓하고 서 있다

두릅

거센 가시나무 대궁대궁 돋은 햇순
꽃 피워 열매 날려 권속 널리 펴려는데
사나이 잘리고 잘려 나물공양 되다니

담쟁이

더위나 가뭄에도 무성을 자랑터니
서릿발 두세 번에 발가장이 물이 들고
우수수 떨리는 잎새에 겨울 빛이 묻어드네

백합

희고 두툼한 얼굴 향마저 풍겨주고
더위에 찌든 뜨락 달 또한 솟아드니
잊었던 삶의 속삭임 들리는 듯 듣는 듯

그라디오라스

먼 고향 그리원가 희게 붉게 터진 얼굴
쭈뼛 뻗은 줄길 따라 사랑홉게 엉겼구나
비바람 불더위 속에서도 뽑아내는 그 기상

봉선화

오랜 세월 따라 손톱손톱 물들였고
얽매인 한에 겨워 울밑을 지키더니
그 붉은 입술을 열고 이 여름도 맞는가?

벽오동

천리나 먼 진주에서 보내온 정성 심어
솟고 뻗은 길찬 줄기 넓은 잎 그 한 끝에
연보라 꽃잎 벙그네 이 오월을 여네

산목련

산골짝 그윽히도 절로 핌이 격이어든
이 뜨락 아침 저녁 향도 띄워 반겨주니
내 또한 산사람 되어 눈을 지긋 감는다

아카시아

담장 위로 치솟아서 허공에 감싸 안겨
한 봄내 푸른 잎이 무성만 자랑터니
줄줄이 환한 꽃등을 달고 풍겨 주는 그 향기

파초

옴추렸던 숨은 살아 한여름을 펴고 섰네
고향에 돌아온 듯. 바람 타고 너훌너훌
이 뜨락 풍요로움을 가득 품에 안고서

방울국화

길로 자라 올라 노란 방울 떨어뜨리면
더위도 숨을 죽여 서늘 바람 불어오고
목 놓던 매미 소리도 한고비를 넘는 듯

산도라지

그 어느 산자락을 잊은 듯 옮아앉아
남빛 초롱불을 갸웃이 켜 들고서
비좁은 더운 뜨락을 밝혀 사는 등대지기

옥잠화

잎새도 무성하게 한 여름 자랑타가
쭉 비죽 대궁마다 옥잠(玉簪)이 반가워라
해와 비 번갈아 쏟은 정성 이날 위함이런가

붓꽃

남빛 노랑빛이 붓 속에 싸였다가
터뜨려 벌린 자랑 소리 없는 메아리에
산새도 고갤 갸웃갸웃 요리조리 노닌다

장미

가시 돋힌 줄기마다 겹으로 피는 송이
하양게 빨갛게 지닌 빛깔 다하여서
초록색 장막에 안겨 한 세상을 열고 있네

상사화(相思花)

님이 그리원가 혼자 자라 마음 열더니
기다림에 지쳐선가 님 못본 채 사그러졌네
이렇게 한을 먹고서 잎만 자라 푸르고

원추리

용두산 꼭대기서 보란 듯이 피던 너를
애꿎게 옮겨 놓고 함께 살려 하잤더니
아파라 해 따라 쇠잔하는 어이없는 그 모습

산꽃

흔적 없이 사라졌다 한여름 다가오면
잎새도 없이 솟아올라 소복히 꽃 피우고
또 다시 잔해로 남는 이름 모를 산꽃이여

감나무

20년 가까웁게 정성껏 가꾸어도
밑그루 반이나마 어인 일 썩었는고
그려도 여남은 알씩 가을볕에 바애라

대추나무

박토에 뿌리하고 길차게 솟아올라
옹종기 열음 맺어 싱그러이 자라나서
가을볕 담뿍 머금고 발갛게도 달렸네

국화

분홍 남빛 화반을 대궁대궁 받쳐들고
소슬히 바람 받아 자세짓는 너의 권속
귀또리 넋을 달래고 찬 서리도 재우네

채송화

색색이로 땅을 깔고 이어 피는 채송화꽃
일생을 바라봐도 젖먹이 재롱둥이
큰 것만 다가 아니어 채송화로 살어리

무궁화

여름의 문을 여는 담담한 그 모습이
지고 피고 피어 가을도 마다 않고
속으로 짙게 안아드는 정 잡고 아니 놓는다

맨드라미

두툼이 펴든 입술 빨강 노랑 아우렀다
여름에서 가을까지 그 모양 그 빛으로
둘레를 밝혀주는가 공덕 닦는 노승인가

코스모스

기다림에 뽑힌 목을 서늘바람 맡겨두고
희고 발간 입술 가에 눈물마저 맺었구나
너는야 우수에 사는 가을 맞는 여인인가

분꽃

때를 알려 피고 지는 작은 나팔의 화관이여
푸른 잎에 싸여 생긋이 웃고 웃네
까만 씨 알알이 익혀 꽃방 속에 숨기고

억새

외진 언덕을 덮던 흰 물결 그렸더니
뜯기다 남은 줄기에 겨우 솟은 억새꽃이
어설피 가을을 안고 담장 밑에 서 있네

문주란

제 고장 떠나온 지 어언 20여 년
두세 번 꽃을 보곤 잎만 쭈삣 뻗는 양에
죄스럼 날로 더 겨워 가슴 가만 떨리네

사철나무

네 계절 푸른 잎을 아름으로 안고 앉아
한냉(寒冷)도 딛고 넘어 인내로서 사는 나날
그 먼먼 고향을 그려 갈구하는 자세다

소나무

길로 자란 소나무 한 빛으로 버티더니
지난햇가 말라버려 잎도 그만 떨리었다
담지어 자라는 잣솔에 그 먼 날을 바랄 뿐

이 자하산사는 필자가 20년을 살던 곳이다. 터가 있어서 위의 화목들을 심고
서 일년 내내 가꾸며 즐겼다. 거기에 있던 48가지의 화목을 시조로 담아본 것
이다. 그러나 1987년 여름 그곳에 빌라를 짓느라 이 모두가 없어졌다. 다만 이
화목보로 남게 된 것이다.

VII. 기행 시조

이 시조는 1988. 8. 2~12 사이에 워싱턴 뉴욕 토론토를 주마간산(走馬看山) 격으로 보면서 얻은 감회를 시조로 담아본 것이다. 그 사이 1년이 지났다. 이제야 손질이 끝나 여기에 보여 드리는 바이다. 기행시조이기에 실감과 실사가 앞서 시조로서의 흥취나 값어치는 미흡할 것으로 여겨진다. 취사하며 읽어주시기 바란다.

서울을 떠나며

꿈으로 아로새긴 미지(未知)의 미대륙 행
구걸하듯 얻은 여권 날짜가 어긋나서
두 시간 기다리던 출구에서 뒤통치고 돌아오다

다시 얻은 여권으로 탑승은 하였으나
자리를 채우느라 한 시간의 지연 출발
기체는 요동을 치면서 허공으로 오른다

하던 일 다 떨치고 새장 나듯 떠났으나
큰 우리에 도로 갇혀 눈만 꿈벅인다
이렇게 사람은 한 생을 끌려가며 사는 가봐

태평양은 언제

저녁을 들고 나서 눈 붙이기 서너 시간
내 시겐 밤 1신데 창 밖은 한낮 같다
여기가 어디쯤인지 알려 줄 순 없는지?

설친 잠 이으려다 이어폰도 끼워 본다
저 밑에 굽이칠 물결도 새겨 본다
까마득 서울 살이도 갈피 속에 접은 채

다시 봐도 싱그러운 구름바달 내다본다
기체는 머문 듯이 침묵만이 부푸는데
저 멀리 산줄기들이 기창으로 들어온다

이 벌써 태평양을 이미 벗어난 듯
먼 산줄기엔 희끗희끗 눈인가 봐
여름에 겨울을 어우른 경에 눈을 가만 감았다

여기는 캐나다의 서부 고산지대
기체는 미주 서부 해인선을 따라 돌아
시애틀 공항을 향해 움직이고 있는 듯

시애틀에 들려

해안 따른 언덕 나무숲 사이 사이
끼어 선 집과 집 나무 지어 어우렀고
시가는 어디쯤인지 어둠 벌써 덮인다

시애틀에 내려 보니 8월 2일 저녁 7시
내 시계 보니 3일 아침 10시 52분
하루의 비행기 속은 지옥인 듯 이어지다

내리고 갈아타는 얼굴빛도 가지가지
세계가 나들어 사는 이 세기의 모습이여
이 또한 국제공항인가 어지럼도 느낀다

워싱턴에서

우리 국내기 같은 서북기에 실려져서
서너 시간 만에 워싱턴 항에 닿았다
처진 채 짐들을 들고서 목을 길게 뽑았다

서리서리 늘어서서 시간 남아 기다렸다.
휘청휘청 나와 보니 버스로 마중이다
버린 듯 안식에 딜씩 눈도 김아 비렸디

호텔로 가는 반 시간 거리는 어둠 침침
차들도 별로 없는 무성한 숲속 거리
정결한 메리오트가 말없이 맞아 준다

지루턴 나들이지만 귀 익은 모국어들
이 미주 여기저기에 씨 뿌려진 우리 겨레
한 줄기 밝은 빛 일어 가슴 부퍼 올랐다

설친 잠 겨우 깨어 급한 대로 물칠하고
식탁에 다가 앉아 창 밖을 바라보니
연못 빛 흐려 있으나 하늘 그저 높푸르다

이어진 숲 사이로 어울리는 중층 건물
수수한 길 사이론 잔디밭과 나무 나무
차들도 제 길을 찾고 그늘 밑에 쉬기도

여기가 4백만의 이 나라 수도 워싱턴
의사당 백악관에 링컨과 제퍼슨 상
세기의 눈길이 뫼는 곳 너무나도 조용타

자연사 박물관도 국회 도서관도
그 온갖 전시에도 손길들이 잘 미쳤다
이 모두 무료 관람이라니 부러움 뿐이다

관람객 거의가 여름철 차림새들
인종도 가지가지 말도 통하지 않지만
스스로 이루어져 있는 질서와 양보들

루즈도 매니큐어도 그리 볼 수 없다
유연 속에 지켜지는 생활의 리듬들
이뤄진 지성의 룰들이 자리 잡혀 있는 듯

그런데 밤 9시 후엔 외출이 어렵다 하고
어린이들이 마약을 팔고 먹고
여교(女校)에 탁아소가 있다니 이 무슨 괴린고

워싱턴타임스지는 10년 만에 제2 위로
월드저널지도 착실하게 펴낸다고
무(無)에서 유(有)를 창출하는 우리들의 끈기여!

뉴욕으로

화단은 안 보이고 잔디밭과 나무숲길
포토맥 강의 키다리 모뉴먼트 탑도
저 멀리 뒤로 남긴 채 하이웨이를 달렸다

조경(造景)은 아예 없이 들판으로 뚫린 길
가도 가도 숲과 하늘 밭들도 볼 수 없고
크작은 낡은 건물의 볼티모어 항구여!

다섯 시간을 달려도 둥근 하늘과 이어진 숲
차들도 드문드문 집들도 볼 수 없더니
뉴욕에 다가지니까 차가 차가 밀린다

뉴욕에서

허드슨 서쪽에서 바라 뵈는 마천루 숲
맨하탄 8번가의 이어지는 차의 물결
짜여진 좁은 거리를 밀고 뚫고 너넘실!

허드슨 마냥 바다 함정들도 나들고
수륙 모두가 세계로 이어진 곳
그러나 여기도 밤이면 나다닐 순 없단다

상점도 음식점도 회사와 은행들 속에
버젓한 한글 간판 영문자에 견주었다
세계는 한 이웃이라고 끄덕여도 지지만

거리는 그냥 그대로 인종의 전시장이
차림새 모양새도 제 나름 대로이고
말들도 영어 말고는 귀에 서먹서먹하다

거지에게도 연금은 주어지고
대낮 거리에서도 총을 쏘아 맞서지만
놀고는 먹을 수 없다는 깨달음도 없는 곳

흰둥이의 선민의식 껌둥이의 열등의식
누렁이의 어색함들 나름대로 살길 찾아
해 지고 날 밝는 도시 골목길로 가리웠다

성지(聖地)에서

한 믿음의 터 성지를 찾아드니
기도하던 마구간과 풀 언덕의 바위들도
갖춰진 잔디와 거목들로 어울리어 숨쉰다

5십만 평 이 땅이 세계 한집의 터로
저들의 말보다 한어로 어울릴 제
하늘이 베푼 거룩함이 날빛같이 밝는다고

허드슨 하구(河口)에 자리한 구릉지대
부호들의 별장도 이웃한 자연경관
한인이 이룩한 이곳에 밝은 날빛 덮이네

웨스트포인트에서

가장 자유롭다는 이 나라 젊은이들이
극기(克己)와 통제 속에서 승리의 화신(化身)으로
이 나라 동량(棟梁)이 된다 하니 감동 감동 있을 뿐

온갖 시설이 고루 갖추어 있는 이곳
멀리 도심을 떠나 넓은 공간 속에서
젊음과 충성을 익히는 그 고함이 들리는 듯

교수 부인들도 길잡이로 나서서
성심을 다 하는 그 삶의 자세들
탕개가 되감겨지는 웨스트포인트의 내일이여!

자유의 여신상

자유와 평등으로 인권을 찾아 세고
인민을 위한 인민의 전쟁 후
횃불도 드높이 밝혀 든 저 자유의 여신상!

이 전쟁을 도와준 불란서 사람들이
세계의 자유를 위한 갸륵한 정성에서
스스로 세운 것이라기 다시 우러러 보였다

어머니를 본떠 놓은 온화와 굳셈이여
허드슨과 함께 미주를 지켜 섰다
저 궁창 밝은 날빛처럼 그 뜻 널리 퍼졌으면

나이아가라에서

비행기와 버스로 몇 시간을 달려 와서
즐펀한 강물 뵈는 기슭에 서서 본다
저 물줄 쏟쳐 떠지는 곳이 나이아가라 폭로란다

수백 길 낭떠러지로 물이 휘어 떨어진다
포말은 휘날리어 물보라를 일으킨다
때 아닌 무지개도 서서 우리 눈을 이끈다

기동선에 몸을 싣고 폭포 밑 깊이 드니
미주 가주(加州)의 폭포 어울리어 장관이다
이 경에 입을 벌린 채 그저 바라 보기만

워낙 땅이 넓어 이 폭포도 어울린다
구룡연 천지연이야 비할 바가 아니지만
조밀한 그 한 맛이야 이에 못지 않을 듯

미국을 떠나며

이민들이 이루어 논 이민의 땅 미국이여
광야 주름잡아 오늘에 이르렀으나
다시금 임상 진단이 내려져야 할 때인 듯

백화점은 그대로 국제상품 판매장
일제가 판을 치고 한국산도 끼어 있다
주인은 사랑채 밖으로 밀려나고 있는 듯

아직도 광야가 있고 동서의 대해도 있다
워싱턴과 링컨이 저들 가슴을 잡고 있는 한
되돌아 본연의 새날이 밝아올 것인저

동부는 무변광야 중서부는 산악과 구릉
숲과 숲에 싸인 저들의 호흡 공간
자유와 평화의 깃발로 이 땅 길이 덮여지라

토론토를 찾아

뉴욕 떠난 비행기 구름 속을 누벼 간다
안 보이던 산과 들 받들고 반가웁다
시간 반 남아 닿은 곳 토론토의 공항이다

서투른 말의 벽 겨우 넘어 출구를 나니
길미자 반 목사 내외분이 반갑게 맞아 준다
이십분 남짓 달려서 토론토 시에 내리다

멀리 산도 뵈는 수목의 넓은 들판
새로운 모습들에 시가지도 정스럽고
안온한 정감도 솟아 미주와는 다르다

한인의 시가지도 사뭇 길게 벌어 있고
지하 지상으로 전차도 달린다
행인은 드뭇 뵈지만 모두 밝은 모습이다

밤에는 환영 모임 조촐한 식탁 둘러
이석현 동시인도 두 제자도 만났다
뜻밖에 최봉호 시인도 만나 시간이 아쉬웠다

다음날은 나이아가라 하이웨이를 달렸다
끝없이 이어지는 평평한 아스팔트
여독의 응어리마저 바람결에 띄웠다.

허드슨 강이면서 바다 같았는데
이 곳 온타리오는 호수가 마냥 바다
머물러 살고픈 마음에 차창만을 바라 봤다

미주서 본 나이아가라 여기서 다시 본다
그 넓은 둘레의 양쪽이 한눈에 뵌다
소리는 천지를 움직이고 물술기는 세사기민

이 쪽 폭포에는 물보라와 무지갠데
저 쪽은 저 쪽대로 물기둥이 서 있다
하늘도 맑게 개어서 보람만 찬 바람이다

토론토를 떠나

한번쯤 살고픈 곳 토론토를 뒤로 하고
공항으로 달리는 공항 길은 무겁기만
그 언제 다시 와 보나 하고 만감이 굽이질 뿐

미주는 늙는 숨결 가주는 소년의 그것
소생과 발전을 빌고 비는 마음으로
토론토 공항에 내려 출구 찾아 줄을 섰다

반 목사 내외분 그리고 미자 시인
아쉬움 남긴 채로 위태로이 길을 찾아
자리에 들어 앉으니 허허롬만 밀려든다

뉴욕, 미니아폴리스, 시애틀을 향해 오니
미주 서부 산악지대가 가마득 스쳐진다
안 뵈던 밭들도 보여 여수도 다소 삭는 듯

차단된 2십 시간 태평양 그만 넘어
내 고장 김포공항에 발길을 딛고 보니
꿈인 듯 지난 10여 일이 되살아 감겨든다

다시 고국에 돌아와서

한 여름 미주 여행 바람결에 맡긴 채로
낯익은 김포 공항에 가방 따라 돌아왔네
조는 듯 등불들이 멀리 껌벅이는 그 속으로

워싱턴 뉴욕은 낡은 옷으로 도사리고
나무와 숲 잔디밭은 있는 대로의 매무새들
그러나 밤 9시가 넘으면 자연 통행금지 지대

가는 곳마다가 인종의 전시장이요
철 탓인지 모두가 간편한 차림새들
낯만은 그래도 살아 속삭임도 오가고

벌판으로 이어진 길 둘러 덮인 둥근 하늘
밭도 집도 없는 나무들의 어우름
광활이 벅차 넘치어 허허롬도 솟는다

하이웨이 거리거리 새로움도 풍겨 주고
온타리오, 나이아가라, 불빛도 인거 들어
헝큶을 다독여 주던 캐나다에 정이 간다

엘에이 하와이를 못 보아 서운하다
여름 휴가철이라 항공편이 없다 하여
막연히 다시 올 기대로 훗날 다시 그려 본다

좁지만 내 거리가 정이 솟고 마음 놓인다
작지만 한강이 너 나의 젖줄이다
솟치고 굽이진 길에서 우리의 내일이 보이기에

〈1988. 9. 13. 자하산사에서〉

광주를 떠나

꿈으로만 그려보던 보길도를 찾으려고
늦더위 아침결에 광주행 버스에 올라
낯익은 호남가도를 번듯번듯 달리다

그 들 그 고을들 언제나 반겨 준다
벼이삭들 손짓하고 구름들 허공을 돈다
한낮쯤 종착 정류장에 서툰 발을 디디다

한 시간쯤 서성이다 지량(芝良) 시인 반겨 맞고
해남행 직행에 몸을 맡겨 두 시간 여
지량의 걸걸한 짓거리로 더위마저 잊었다.

해남(海南)에서 대흥사(大興寺)로

마주나온 '섬문학'의 계산(溪山) 가정(佳亭) 해봉(海峰) 병태(眪泰)
혜관(慧寬) 더불어 일정을 의논하며
두륜산(頭輪山) 깊숙이 앉은 대흥사에 들다

밤이 들자 시조얘기 문학얘기 세상얘기
수박으로 입맛 돋구니 피로조차 가시우고
뒤미처 동구(東九), 희란(熙蘭)도 와 흥은 밤과 깊어지다

혜관은 깊은 신심(信心)에 시심(詩心)이 어울리고
희란은 백여리를 멀다 않고 달려 왔다
이 모두 문학에의 향념 보이잖는 밧줄인 거

산은 첩첩 소리 없고 달도 흐려 조으는데
부처님 홀로 깨어 미소를 머금었다
이 평온 길이길이 퍼져 가슴가슴 채웠으면

단잠 일어 보니 희란 벌써 떠났다네
공양을 마치고 해남으로 다시 나와
완도행 직행에 실려 한 시간쯤 흔들리다

완도(莞島)에서 보길도로

완도는 작은 항구 육지와 이어졌다
쾌속정으로 한 시간쯤 노화(蘆花)에 다다르니
보길(甫吉)은 바로 앞인데 물이 굽이돌았다

저기가 보길도라 고산(孤山)이 맞아 웃는 듯
도포자락 빗기 날고 수염도 희였구나
반기며 다가 오르니 멀리멀리 사라진다

걸어야 옳은 건데 찔차에 몸을 맡겨
우불퉁 고빗길을 넘고 돌아 다다른 곳
이 섬의 경관지라는 예송리에 멈추다

펼쳐진 앞바다는 잔잔히 물결지고
섬 섬이 마주 안고 햇볕에 조으는데
그 옛날 숨소리가 아쉬워 구름 길을 바라다

윤 고사은 아련한데 여(余) 고산의 너털웃음
왕년에 내왕하던 걸걸한 생활담(生活談)들
소주에 낙지 라면으로 허기를 메우다

털털 길을 되돌아와 서쪽 길로 들어서다
이곳에서 고산이 여생을 보냈단다
설레는 가슴 여미며 산줄기를 따라본다

부용동에서

이곳 국민학교 남쪽 가가 부용동(芙蓉洞)이다
자그만 연못이 헐벗어 흙탕이다
정자도 빈터로 남아 씁쓰롬히 맞아준다

빈터에 주저앉아 눈을 지긋 감아 본다
흰털의 주인이 싱긋이 웃고 섰다
훈훈히 바람이 지나자 풍악소리 들려온다

연못 속 바위 위에 두셋 나체의 여인
수줍은 몸매로 풍악에 우줄인다
술잔을 받아든 주인은 넌즛 눈을 감는다

내 벗이 몇이나 하니 수석(水石)과 송죽(松竹)이라
동산에 달을 곁들여 오우(五友)뿐이랬으니
그 심정 지금에 와선들 변할 바가 있을까

광해(光海)에게 올린 상소 절개는 송죽이라
병자의 통한은 뼛속 깊이 절어 들어
이 섬에 숨어든 그에게 무악(舞樂)만이 있었으리

임금 생각 나라 사랑 자나 깨나 한결같고
보리밥 풋나물로 농·어부 함께 살며
시조로 마음 달래어 이 고을을 밝히다

부용에서 바라본 경계를 팔경으로
동대(東臺) 서대(西臺) 거닐며 시심을 다졌거니
고산이 오늘을 본다면 무상이라고만 할까

부용동은 헝큰 채로 오늘에 남았지만
세연정(洗然亭) 낭음계(朗吟溪) 석실(石室)들은
찾을 길 바이 없으니 발길만이 무겁다

또 다시 돌아보니 그 손길 남았는 듯
잔 들고 먼 산 보던 뒷모습도 저기 뵌다
그러나 먼지 속 찔차는 나루터로 달린다

보길도를 떠나

다시 통통선으로 완도를 향해 간다
멀리 보길도도 아스므레 사라진다
고산의 싱긋 웃는 모습만이 겹쳐겹쳐 지는데

석양에 바애는 섬 크고 작게 맴도는데
부서지는 물결들은 세상사를 웃는 듯
이 남해 천릿길 나그네 물거품에 싸인다

계산댁(溪山宅)에서

완도행 저만 두고 버스에 다시 올라
굽잇길 돌고 돌아 계산댁에 신세지다
장서도 대견하지만 집 규모도 남다르다

서책이 싸인 방에 하룻밤 꿈에 드니
책들의 속삭임이 귓전에 모여든다
일찍이 깨인 계산이 다시 더욱 돋보이고

화원(花源)에서

길가에서 다방에서 한 시간이나 기다려서
계산과 작별하고 화원(花源) 향해 떠났는데
여 고산, 석 가정, 동구 시인 등 네 사람이었다

열두 시쯤 화원에서 해봉을 반겨 맞다
산정 같은 해봉 사택 그늘에 둘러앉아
소탈한 해봉의 담소로 여독도 잊었었다

아담한 화원중고 잠깐 둘러보고
택시로 부두까지 배웅해준 여 고산과
해봉의 손짓을 뒤로 목포 향해 떠나다

목포에서

뱀술 몇 모금에 후끈대는 몸을 가눠
선장실 나무판에 얼마간 눕고나니
저 멀리 목포 항구가 다가서고 있었다

유달산 정도 깊어 노래마저 떠올리다
서울행 버스에 자리하고 내다보니
동안(童顏)의 동구 시인이 손을 젓고 서 있다

어둠 속 달리는 창밖 가다가다 불빛 보니
두고 온 이 일 저 일 되살아 다가서고
부용동 거친 모습들도 가슴에 와 닿는다

눈 감으니 오백여 년 지녀온 고산댁이
멀리서 손짓하고 유품들도 다가오고
이번엔 못 들리고 아쉬움만 겹친다

〈1986. 8. 19~21. 사이에 지은 것〉

㊟ 溪山―龍珍浩, 海峰―朴魯慶, 佳亭―石佳亭, 千晒泰, 慧寬스님, 李東九, 李熙蘭,
　余孤山―余芝良

紫霞山舍 이후

나의 서울 생활은 1947년 가을 이후요, 나의 시조 창작도 해방과 더불어 시작되었던 것이다. 처음 동대문 밖 숭인동 동망봉(東望峰) 중턱의 오막집에서부터 학문의 길과 창작의 길을 함께 시작하였었고 또 시조문학 창간도 여기서 시작하였던 것이었다. 제1시조집인 『꽃과 여인』의 작품들은 거의 이 시절의 것들이다.

그 이후 창신동 쪽 낙산(駱山) 기슭 낙산우사(駱山偶舍)에서 2년, 다음 충정로 3가 언덕 감나무골에서, 다음 모래내 우거 3년, 이 5, 6년 사이의 작품들이 제2시조집인 『노고지리』에 실렸었고 다음 자하문 밖 자하산사(紫霞山舍)에서 18년간이나 살아서 가장 오래 살았던 곳이요, 또한 여기에서 지은 작품들이 제3시조집인 『소리·소리·소리』와 제4시조집인 『날빛은 저기에』에 수록되었었다.

이 자하산사에서는 화목(花木)류를 40여 가지나 심고, 닭, 금계, 개, 공작 등도 길렀었기에 가장 정이 들어서 '나는 여기에서 살다가 가겠다'고도 말하였다. 그러나 아들과 딸들의 요청으로 또한 아내의 불건강 등으로 이곳의 꽃과 나무들을 모두 포클레인으로 짓밀어 버리고 4층 빌라를 지었고, 2년 후 상계아파트로, 다시 하계아파트로, 지금은 잠실의 우성아파트(宇成偶舍)로 옮겨 살고 있다.

그래서 제5시조집을 『자하산사 이후』라고 이름하여 본 것이다. 이 기간이 만 4년 밖에 안되어서 작품수도 많질 못하다. 그러나 80고개를 앞뒤로 한 큰 전환기이기도 하였던 것이다. 그러나 작품의 주축은 제4시조집의 이름과 같이 아침이면 어김없이 떠올라 광명을 주는 태양을 바라 묵묵히 살고 있는 생각들을 작시화(作詩化)하고 있다. 그리고 시의 본질이라 할 수 있는 서정적인 작품들을 썼다. 그 평가는 여러분에게 맡기기로 한다.

끝으로 어려운 여건속에서도 이 출간을 쾌락(快諾)하여 주신 석성우(釋性愚) 스님과 이 책을 만드는데 수고하여 준 실무진 여러분에게도 큰 절을 드리는 바이다.

1995. 4.
잠실우사에서
월하 씀.

1. 요즘의 심정

요즘의 심정

1

손수 가꾼 자하산사
꿈도 있었건만

빌라로 둔갑된 훈
박제된 허수아비

이곳을 떠나 옮겨지니
속빈 강정만 같을 뿐.

2

상계(上溪) 하계(下溪) 썩은 물가
3, 4년 살았어도

굳어만 진 고립의 벽
서먹하던 짝도 잃고

외롬만 다가서 오네
지난 날만 되살아나.

3

누구와 같이 바둑알
쥔 채 갔으면도 하고

먼 산머리 구름길을
더듬어도 보지마는

바람만 살포시 가슴에 안겨
실존(實存)임을 알리네.

4

이젠 아들 따라
강남으로 옮겨왔다

여기는 삼전도(三田渡) 근처
아세아 선수촌 옆

희비의 그림자도 짙어
숨결 모아 삼킨다.

5

아직 사람이기
미련도 애착도 있다

내 삶의 흔적들을
남겨 두고도 싶다.

내 묻힐 산언덕에다
작은 집도 짓고 싶다.

6

내 쓰고 가졌던 것들
한 곳에 남기고도 싶다.

그것이 몇 년 갈진
헤아릴 순 없더라도

내 분신 그대로 남겨
있는 날까지 두고플 뿐.

7

욕을 먹으면서도
시조문학 내는 일에

내 마지막 힘을
기울이고 있지만은

늙음은 그 한계마저
지켜 주진 않는 듯.

8

늦게 얻은 아들도
불혹 넘어 제 길 가고

며느리도 두 아들을
키워 놓고 제 일 열었다

두 손잔 사이좋게들
공부하니 귀엽기만.

(94. 4. 18. 잠실 우성우사에서)

2. 진달래 연가(戀歌)

난초가 벙그던 날

너를 얻어 반년이나 맘 조여 지키었다
빳빳한 잎새들은 그늘을 좋아했고
모래에 뿌리한 너는 기다림의 나날이었다.

창 열고 바라본 난 장승으로 눈 부볐다
그 잎새들 사이로 꽃대궁 꽃대궁이
가슴만 고동쳐 올라 말도 그만 잃었다.

하나 둘 망울 벌어 향은 가만 일어나고
보건 안보건 꽃은 마냥 웃음이다
이 지순 이 한 생 길이 누리고만 지어리.

〈90. 9. 1. 상계우사에서〉

진달래 연가(戀歌)

철길가 흐드러진
함박 웃음 밀물로 와

연분홍 맺힌 사연
찾아드는 이 오후는

스치는 꽃샘바람도
가슴 깊이 안긴다.

해마다 이 기슭에
고요히 피어나는 너

외롬을 감싸주고
설레임도 다독이고

그 생애 다함 없는 정을
궁창 가득 채우나.

네 품에 안기고파
공간을 달려간다.

옛 고향 비알 따라
피던 그 모습들

이제사 다시 찾았구나
이 마을 이 언덕에서.

바람도 자취 없고
벌 나비도 숨었는가

너와 나 고요속에
나눌 말도 잊었노라.

어둠아 네 증언으로
한밤 내내 새우리라.

〈91. 4. 15. 하계우사에서〉

매화도 벙글어

새해에 새 빛 줄기
한 등성이 넘어 섰네
매화도 저리 벙글려고
사창가에 숨 가쁜데
화사한 여인네 발걸음도
이 거리를 수놓고.

〈91. 2. 상계우사에서〉

문주란도 피어

멀리 섬을 그리며
30년이 더 흘렀다.

작년에도 벙근 꽃이
올해 또 웃는구나

새하얀 화관을 이고
이 둘레를 밝히어

향은 은은히 돌아
방안을 감싸 안고

그 빛 창가에 바애
숨쉼도 잃었노라

언젠가 심산유곡에서
물소리도 듣는 듯.

〈91. 2. 상계우사에서〉

새 기원

오만 걱정 포개진 채
얼키고 설키어서
허욕과 대결로들
천만 길 벼랑인데
저 태양 밝은 빛살은
제 얼굴로 솟고 진다.

한껏 부푼 풍선
터질까 저어롭고
번지는 검은 그림잔
다짐마저 짓밟는다.
솟치는 저 물줄기 잡아
곳곳 모두 시쳤으면—

(90. 7. 13 개작, 상계우사에서)

새해 새 소망

뒤퉁이던 말발굽들 서해로 숨어들고
하얀 양떼들이 동해의 해를 맞네
해마다 맞고 보내지만 새해엔 또 새 소망.

떠오른 날빛마냥 이 해 내내 밝아지라
어둔 일 슬픈 일들 모두다 부숴치고
반만 년 문화의 탑을 높이 높이 쌓을지라.

새 일엔 새 일꾼들 젊은 힘 모두 모아
세기에 우뚝 서 갈 통일조국 이룩하고
손에 손 마주 잡고들 무궁화로 피어보자.

〈90. 12. 12. 상계우사에서〉

이 아침에

지척 지척 뿌리는 비
하루 멀다 투정해도

어김없이 떠오르는
저 해는 제 길 간다

밝아온 창문을 열고
숨을 뿜는 이 아침.

수돗물 저만 두고
샘을 찾는 무리 무리

새들도 잃어버린
빛바랜 나무숲속

그래도 팔들을 벌리어
숨을 뿜는 이 아침.

흐느끼듯 흐르는 물
북한산을 바라본다.

맑은 샘 끊임없이
솟고 솟아 오르면은

그 훗날 저 물가에 서서
줄을 고를 이 아침!

〈90. 5. 7. 상계우사에서〉

소백산에 서서

천 미터 위로 솟은 헐벗은 이 산마루
창조의 그날부터 개방의 오늘까지
묵비 속 나날들만을 반추하고 섰는가.

앙상한 비목 가진 바람결에 움추리고
밟혀진 잔디들과 구부러진 길자락은
가려진 구름자락에 짐짓 말이 없구나.

오월의 산철쭉은 저리 환히 웃고 섰다
모두의 가슴 가슴 덮어진 구름장도
치부는 바람을 타고 갈 길 활짝 열려라.

〈93. 6. 28. 하계우사에서〉

낙화(落花)의 변(辯)

꽃도 피면 이우는 법
떨어짐 또한 자연이지만
몰아친 광풍으로
휘날려 허공을 도니
보는 이 가슴 가슴에도
허허로움 더하리.

역리가 순리됨도
세상의 흐름이라지만
낙화를 순풍에 실어
제자릴 찾게 함도
이 또한 다사로운 꽃으로
길이길이 남을 것이.

휘몰려 날려진 꽃도
대지는 감싸준다.
날빛과 습도 또한
번갈아 찾아준다.
남은 향 고이 지니면서
이 한 생을 다하리.

〈91. 1. 26. 상계우사에서〉

이 물굽이는

잡초 얽혀진 틈새
뚫고 돈 물굽이는

게거품 토하면서
제 길 찾아 소리친다.

도로 온 물새소리가
강 언덕을 가슴어도

휘돌아 닿는 기슭
굿판도 벌려 주고

온갖 초목 뿌리 깊이
생명수도 되어 주고

두둥실 해와 달도 띄워
시름들도 다독이고—

이렁성 길을 찾아
서로 서로 모여지면

모두 다 한 물바다
너 내가 따로 있나

친구여 어느 굽일 돌아
물매미로 뜨려나.

〈93. 6. 30. 하계우사에서〉

물

옹달샘 줄기 모여
길을 찾아 흐르도다

소나기 쏟아지면
소용도는 흙탕물로

들판도 산더미도 마냥
밀어치고 아우성.

날 들면 말간 물결
소도 되고 여울도 되어

만물의 젖줄로서
하늘과 입맞춘다.

내 이제 이 물가에 서서
내 마음을 비워 본다.

〈93. 2. 16. 하계우사에서〉

바람

솔솔솔 영을 넘어
진달래도 피워 보고

훈훈히 나래 펴서
녹음도 지워 주고

빨갛게 불 태우다가
눈발 몰고 아우성.

가고 옴도 밤도 낮도
거침없는 나들이길

어디서 어디로든
못 이를 곳 없건마는

석양길 외진 언덕에선
목을 놓아 우는가.

<93. 3. 24. 하계우사에서>

물매미

물위를 감고 돈다
맑음 흐림 가림 없이

혼자로도 쌍으로도
쉬었다간 돌고 돈다.

그 물살 사라져 가면
다시 감고 돌아온다.

땅거미 스며들면
풀줄기에 붙어 쉬고

날이 새면 다시 나와
그 줄길 감고 돈다.

지그시 눈을 감으면
나도 그냥 물매민 듯.

〈93. 8. 23. 하계우사에서〉

은행잎

아세아 공원 뜰엔
오동잎이 떠지누나

노란 잔디 위에
시나브로 덮이누나

계절엔 어쩔 수 없는
순응의 나그네여!

<92. 2. 20. 하계우사에서>

봉은사(奉恩寺)도 저기에

낮은 언덕 위에
자리했던 봉은사도

저리 큰 거리 모퉁
움추려 서 있구나

조석의 범종 소리도
듣는 이나 있는지.

원래 가람들도
거리 거리 함께 있어

중생제도 함께 하고
열반수행 하였던 것

지상이 극락 되도록
그 종 치고 치소서.

〈95. 3. 29. 송파우사에서〉

벽(壁)

형체 없이 쌓인 벽은 그 벌써 40여 년
미물도 오가는데 핏줄들 나뉜 채로
그리움 그리움으로 뼈도 삭는 그 나날.

같은 말 같은 조상 수천년 지킨 강토
우리 모두 모두 새가 되고 바람 되어
백두산 한라산으로 오고 가고 가고 오자.

가슴속 응어리도 송두리째 뽑아내고
세기의 새 깃발 아래 얼싸둥둥 모두 나와
새 조국 아침의 나라를 이룩 이룩 이룩하자.

〈92. 3. 3. 하계우사에서〉

어린이 놀이터

알토 테너들의
가녀린 아우성이
노을진 하늘가로
솟아 솟아 퍼져 간다.
그 둘레 길찬 앞날인 듯
노을빛도 어린다.

어둠이 다가와도
그 들렘 멎지 않고
세상의 검은 그림잔
먼 산속 메아릴 뿐
아름이 장미야 부르는
소리 또한 드높아.

흙투성 손을 잡은
엄마들의 가슴에도
밝은 등불들이
어둠도 삭히는 듯
계단을 찍어 오르는
내일만이 있는 듯.

〈94. 1. 30. 하계우사에서〉

해는 해로 솟아

자하산사 이후

얽혀진 길목마다
앞서려는 아귀다툼

바람은 사이 돌아
저 멀리 달려간다

모두들 해는 등진 채
경적만을 치는데.

초지 한 장에도
가려지는 그 볕밭에

구름 겹겹에 싸여
속으로만 타고 있다.

그래도 해는 해로 솟아
이 우주를 비춰준다.

〈93. 6. 28. 하계우사에서〉

백운대(白雲臺)여!

산머리 주저앉아
하늘 땅 멀리한 채

오랜 세월자락
다독여 서려 담고

무수한 밀어를 빚으며
오늘 내일 잇는가.

검은 구름 뒤덮어도
그 이름은 백운대로

따슨 바람 불어오면
새와 꽃 불러도 보고

시원한 바람결 따라
녹음에도 안겨 본다.

단풍잎 떨뜨리다
입어도 본다 새하얀 눈옷

사방을 둘러보며
말문 열고 열고파

무언의 대화 오가기에
이리 멀리 섰노라.

〈94. 1. 25. 하계우사에서〉

3. 아! 남산아!

간이역에 서서

만나고 헤어지는
이 길목에 외로서니

동공은 동공 따라
전등불에 감기운다.

살아온 색깔들 위에
바꿔 쉬는 숨결인 채.

계절 따른 이야기들
발걸음 뒤로 잇고

철마 목이 메여
갈마드는 그 길을 따라

그 모두 뜬 구름으로
아쉼 빚고 가는가.

〈93. 10. 23. 하계우사에서〉

파로호

산굽이 물굽이를
돌아 오른 호수 속에

내 어린 시절이
아스므레 웃고 있다.

그 어언
반세기의 풍상
꿈인 듯이 흐르고―.

봄이면 돛배 두어 척
물길 따라 올랐고

가을 되면 금강산이
단풍잎에 실려 왔다.

옹종기
초가로 어울려
숨 고르던 강변 마을.

밀리고 밀어 찾은
피어린 고향인데

녹 슬은 철망 저 쪽
어기찬 천리 동토(凍土)

파로호
꽃바람 타고
웃음 동산 이뤘으면—.

<1992. 하계우사에서>

아! 남산아!

봄 여름 가을 겨울
갈마 펼친 네 모습은

오백년 왕업에
웃고 울기 얼마였노

변하는 억사 바퀴에
눈 뗄 새나 있었을까.

이리떼 몰려들어
왕비도 불태워져

나라마저 빼앗겨
숨 막히던 36년

동강나 겨레가 맞선
써레질도 당하고—.

네 둘렌 거미줄 길
차 차들의 오고 감에

복장도 뚫려지고
멀리엔 아파트 숲

진애가 휩싸인 채로
아침 해는 솟는다.

태초를 이어온 샘
한가람은 흐르지만

제 빛도 잃은 채로
서해 서해로 든다.

남산은 억눌린 피울음 속에
진달래를 피우고—.

〈90. 4. 19. 상계 우사에서〉

장승

삶의 길목 따라
부라린 눈망울로

액운과 버티면서
고장 지킨 장승인가

휘모는 비바람 속에서
웃음 또한 잊은 듯.

꽃가마 맞아 주고
상여도 보내면서

사시절 그 얼굴로
세월 자락 다독이며

지나온 공허는 잊은 채
앞만 바라 섰는 너.

〈94. 1. 13. 하계 우사에서〉

회오리

그늘진 갈대숲에
밀어닥친 회오리로

꿈도 산산조각
멍청히 눈만 뜨고

빈 하늘 구름길 따라
깃을 치는 철샌가.

그 하늘 넓은 공간
두루 두루 나래 걷고

꽃구름 피워 올려
옛이야기 나누면서

겨레의 옹골찬 노래로
다둑 다둑 살렸는데.

〈91. 4. 17. 하계우사에서〉

철의 삼각지대

밀리고 밀어 찾은
철의 삼각지대

저 허리 이 물굽이
겨레끼리 피 흘렸어도

저렇게 뵈는 남북이
총칼 들고 또 버텨야.

전승비 높이 솟아
증언으로 서 있지만

내 형제 내 숙질들
꽃송이로 떨어져서

그 영혼 지금도 살아
내일 바라 손 모으리.

새 울고 물은 흘러
남북을 오가는데

철의 장막 이리 굳어
총칼로 맞선대도

한배검 손을 맞잡는
한 하늘은 열리리.

〈92. 11. 하계우사에서〉

톱니바퀴

외다 옳다 버텨대는 말들만은 무성한데
옆질러 앞질러서 제 길만을 다퉈대고
엇물린 톱니바퀴엔 기름조차 말랐고나.

모두가 바른 길을 제 먼저 걷노라면
해와 달 번가르듯 밝은 세상 열려지고
네 내 탓 방패연 되어 동해마달 넘으리.

〈91. 8. 12. 하계우사에서〉

미로

달빛도 감싸주다
해도 잡아 덮는 너
단비도 뿌려주다
큰 비 또한 쏟아준다
갈수록 가늠할 길 없는
그 조화의 미로여.

<1992. 4. 하계우사에서>

설령(雪嶺) 바라

태초부터 쌓이어온 눈 눈의 영마루에
두 발 뻗디디고 팔 벌려 고함친다.
태양아 이 지역에도 강한 열을 던지라고.

바람도 긋지 않고 갈 길도 안 보인다.
한 발 자칫하면 나락만이 기다려도
얼붙은 숨을 되살리어 위로 위로 오르련다.

산 바라 아득하게 개미처럼 사는 무리
눈이여 바람이여 마냥 몰아치더라도
산사람 못지않게들 설령 바라 사는 거다.

〈92. 1. 11. 하계우사에서〉

차 한 잔 놓고

자하산사 이후

차 한 잔 놓고 눈 지긋 감아 본다
지난 세월 실꾸리로 언뜻 언뜻 스쳐간다
창밖엔 궂은 빗소리 어둠으로 말려들고.

눈을 떠 찻잔 보니 가물 가물 삶의 모습
은은한 향에 쌓여 아스라이 굽이 돈다
넘어갈 고빗길들은 감겨 감겨 들어오고.

다 식은 찻물 속에 파리가 투신했다
꺼져가는 불속으로 부나비가 다퉈든다
꿀벌은 소리도 나직히 꽃술 꽃술 파드는데.

〈92. 5. 27. 하계우사에서〉

송파에서

남한산 오르는 길목
삼전도는 저기라네

곤룡포 땅에 끌고
왕관 깃 저리 떨고

온 겨레 울부짖누
눈물은 한강순데

불빛이 휘황한 이 거리엔
회한 그만 잊은 듯이.

압구정 거리에는
외국 풍정 넘쳐 돌고

경기장 떠나가라
함성들도 넘치지만

잠들은 어린이들에겐
아롱지는 꿈길뿐.

〈95. 4. 8. 잠실우사에서〉

삶이란 1

물도 흐르다간
바다로 드는 것이

꽃도 피었다간
잎잎이 듣는 것이

후회를 자늑이다가
아차 그만 뜨는 것.

극락이라 천당이라
한낱 바램일 뿐

되돌아 올 수 없는
삶의 고비인데

다듬어 보듬어 안고
난향(蘭香)으로 살으리.

〈91. 6. 10 하계우사에서〉

삶이란 2

주고 받고 받고 주는
마음속 열두 줄이

때 따라 웃고 우는
변죽의 가락인데

기리기 날아오는 밤이면
그 하늘만 바라고.

꽃이 피고 새가 울면
내 둥싯 덩도 타고

바람 불고 비 내리면
빠져 수렁이라

어둠은 밝음의 실마리
목말 모는 나그네길.

떨리는 꽃 지는 밤에
한밤 지새우고

숨은 듯 오가는 정
우리 모두 품에 안고

제여금 그 고개 넘을 때
붉게 붉게 탈거나.

〈91. 6. 10. 하계우사에서〉

이 무슨 소리

진달래도 망울져 온
이 계절에 이 무슨 소리

또 아비 찌른
자식이 있다 하네

막히는 숨 겨우 찾아
내가 나를 잊었다.

돈 돈이 어버이도 앞서는 세상에서
야타족도 밤이면 미쳐 뛴다네
이 무슨 업죄이런가 눈도 귀도 없었으면.

〈95. 3. 30. 잠실우사에서〉

강강수월래

자하산사 이후

아스라한 그 메아리 끊임없이 이어진다.
나부끼는 치맛자락 달빛을 감싸 안고
치렁한 그리움에 젖어 이 밤 또한 깊어만.

시름겨운 흥이어라 종종걸음 되돌리고
내딛는 발길 따라 샛별을 기다린다.
길차게 강강수월래로 이 둘레를 지키어.

〈92. 3. 17. 상계우사에서〉

공허

아! 남산아!

창 위로 펼친 공간
검뿌연 무한지대

아름찼던 뭉게구름
어린 꿈으로만 남고

그 둘레 둘레엔 그저
소음만이 얽힌다.

운해는 바달 덮은
한라 마루 섰던 그날

창공은 가도 없고
햇살 다사롭던

그 먼 날 더듬어 보며
창을 가만 닫는다.

자락자락 떠도는
새털 구름 비단 구름

그림자 드리우며
산언덕 멀리 떠서

지금도 먼 고향에선
주인들을 부를거다.

〈93. 10. 23. 하계우사에서〉

역(驛)에서

만나고 헤어지는 교차의 이 지점에
동공은 동공 따라 전등불에 감기인다.
살아온 색깔들 위에 각각 다른 숨결인데.

계절 따라 갈마드는 행렬은 끊임없고
열차도 소리치며 어김없이 나드는데
먼 하늘 뜬구름 길 속 바라 사는 길손들.

〈92. 3. 2. 하계우사에서〉

이 길목에서

저겨 일어서니 천길 만길 낭떠러지
그 아래 허줏간에 모과수 열매 뵌다.
엇물린 쇳소리는 높아 비지땀을 쏟는데.

메뚜긴 자취 없고 벼이삭은 익어간다
길 잃은 황새만이 목을 틀고 서 있는데
지나는 소나기 한 자락이 노을 속을 스친다.

드넓은 공간속도 성에 차지 않다는데
단칸 셋방에는 봄기운이 오고 간다.
이 어둠 밝힐 여명 따라 손을 모는 이 길목.

〈91. 8. 12. 하계우사에서〉

어머님

어머님 방망이 소리 언덕 기어오르고
햇빛은 물무늬 타고 재롱지어 퍼지는데
땀방울 얽힌 미소가 어제 같은 먼 기억.

발가숭 물장구를 지키시던 그 눈길은
우리들의 오늘을 꿈으로만 간직한 채
그 벌써 가신 지 60여 년 사진만을 더듬고.

언제나 내편이시던 어머님 주신 그 힘
내 삶의 지팡이로 세파를 헤쳐 왔는데
묘소의 잡초와도 같이 그 미소 다시 봤으면—

〈92. 7. 15. 하계우사에서〉

실제(失題)

조국은 허리 잘린 채
미치광이만 날뛰는가

가슴 무너지는
어제 오늘의 소식들

그러나 꽃은 피어 웃고
날빛 저리 밝기만—.

〈94. 10. 26. 잠실우사에서〉

짝은 떠나고

팔순 한 평생을
사는 듯 살도 못하고

한 마디 말도 못한 채
떠나간 그대 모습

봉긋한 무덤에 누워
부슬비에 젖는가.

피려던 열여덟에
귀밑머리 풀고 와서

어렵사리 살림살일
말없이 꾸려 주고

사남맬 키워 키워서
보란 듯이 세웠고.

회한은 비바람 되어
문듯 문듯 감겨온다.

아침 저녁 상머리에
앉은 듯 어리는데

그 미소 안개 속으로
아스라이 숨는다.

〈91. 7. 10. 하계우사에서〉

4. 늦게 피웠던 시조꽃 한 송이

용(龍)골의 학(鶴)이여
— 외우 김일근 형의 정년에 부쳐

구룡(九龍)골 깃을 차고
용산골(멱남 · 覓南) 청학으로

삼십오 년이나 건국 국문과의
탑을 쌓아 이바지하고

이제 또 그 보금자리를
떠나야 할 때가 왔다.

몸은 떠나지만 길러 놓은 도제(徒弟)들이
여저기 깃을 치고 받은 뜻 펴나가니
그 공은 길이 남아서 좋은 열매 맺으오리.

소개된 별곡(別曲)들과 발굴한 언간(諺簡)들은
우리 말 글의 살이요 뼈대이니
불멸할 우리 문학의 길잡이가 되오리.

정년은 하나의 매듭 새 삶의 실마리라
잔잔한 미소와 강인한 의지력은
다시 날 내일을 바란 튼튼한 벼리인저

〈91. 2. 9.〉

늦게 피웠던 시조 꽃 한 송이
— 95. 1. 12 5시 김영희 시인의 부음을 듣고

초로(初老) 문턱에서
신앙으로 피운 시조

가슴 가득 안고 안아
내일을 바라더니

그만 그 말 한 마디 없이
먼 길로 떠났다니.

시조 꽃 피우고파
그렇게도 마음 쓰고

환한 미소로써
궂은 일도 도맡더니

기우는 노을을 따라
그리 넌서 떠니다니.

죽음의 그림자란
멈출 곳 없던 일상

아들 며느리들의
지극하던 효성

그 모둘 남겨둔 채로
부르심만을 따랐나.

(95. 1. 13. 잠실우사에서)

축가(祝歌)
—강원일보 창간 45주년 기념

금강 설악 오대 태백 등뼈로 어울리어
해돋이 동햏 지고 의연히 살아온 도민
그들의 귀와 입이 되어 땀 흘려 온 강원일보

그 벌써 45년 믿음직한 나이테다
맑거나 흐리거나 바른 보도의 실을 지켜
밤낮을 가림 없이 뛰어 오늘의 탑 이루었다.

저 영봉 위 해와 같이 이 신문도 빛날지어다.
해방의 다짐 길이 무궁 무궁 이어지이다
통일의 그 훗날까지도 도민 함께 살아지어다.

〈90. 10 .10. 상계우사에서〉

문화 한 마당
— 544돌 한글날을 맞아

544년 전 이날 나라 글자 만드셨다
온 겨레 쉽게 배워 두루 쓸 수 있어
민주의 새 깃발 높이 오늘 내일에 이어지도록.

문화의 달 세종의 달 그 빛깔 푸르러라.
이 글자의 쓰임새도 600년이 가깝도다.
펼쳐질 기계화로써 무궁무진 뻗어지리.

내 말과 글자 있어 더없는 자랑이라
잃었던 나라도 찾아 오늘 내일 살고 산다.
세기의 수레바퀴도 이 글로써 돌려 보자.

깡충 깡충 비뚤 배뚤 실감나게 적어내고
동골 납작 글자 모양 가슴 깊이 사모친다
이 동산 이 글 문화로 길이 길이 빛나리.

〈90. 10. 11. 상계우사에서〉

가람(嘉藍) 스승님

스승님 태어난 지 어언 백년이요
스승님 가시온 지 그 벌써 20여 년
그러나 그 모습 그 목소리는 그냥 살아 감돈다.

소박한 풍채에다 꾸밈없던 그 말씀이
난 향기 어울리어 술잔에 얹히었지
책들을 벗들로 하여 한 생을 시신 그 님.

고전을 풀어주고 국문학의 길을 열어
시조의 나갈 길도 바로 일러 주시었고
오늘의 시조의 숲도 그로 하여 이뤄졌다.

우리 말 글 지키려다 감옥에도 드시었고
말도 잃은 몇 몇 해를 수우재의 주인으로
대 바람 그 품에 안기어 그 창가에서 가시었다.

그 무덤 그 뒷산 풋말도 없이 봉긋 앉아
해와 달 번갈면서 그 무엇을 나누시나
허망을 지긋 누르다가 싱긋 웃음 지시나

고이 쉬으시라 한 줌 흙이 되셨어도
그 글과 노래는 길이 길이 남았도다
이렇게 백년을 기리는 노래도 있잖소

〈91. 3. 27. 상계우사에서〉

외솔 100돌

자하산사 이후

가신 지 수십 년에
오신 지 100돌이라
그 생애 외솔로써
눈서리 물리치고
휘는 듯 꼿꼿이 서서
한글 세대 이루셨다.

문맹이 거의 없음
세종의 크신 은덕
내 말 내 글로써
살아온 우리 자랑
외솔님 저 멀리서 빙긋
주름을 펴실 거다.

ㄱㄴㄷㄹ 쉽게 익힌
이 땅의 어린이들
제 생각 쉬이 담아
싱긋벙긋 우줄 우줄
온 세상 자랑도 크다
한글나라 내 나라.

한글의 물줄기는
도도하게 흘러간다.

바위는 뛰어 넘고
웅덩이선 쉬어간다.
외솔님 지켜보소서
채찍도 치시면서.

〈94. 7. 11. 잠실우사에서〉

5. 노돌 언덕에서(서사시조)

노돌 언덕에서

1

실낱 같은 샘은 모여서 몇 억만 년
이 언덕 지나 바다로 바다로 든다
갖가지 사연들 안은 채 숨 가쁜 흐름으로.

2

봄이면 꽃잎 띄워 여름으로 이어지고
가을이면 단풍 흘려 눈꽃을 재촉했지
그렁성 세월도 너와 같이 오늘에서 또 내일로.

3

잔잔히 재롱 지워 산 구름도 맞았었고
소용돌이 흙탕 지워 들과 언덕 휩쓸었지
그래도 네 맑음 다시 내 가슴에 안기고.

4

예맥(濊貊)의 숨결 담고 토성도 안아 흘러
한양성(漢陽城) 오백 년의 성쇠도 실은 채로
여울목 아우성 딛고 해와 달은 띄웠지.

5

나루터 구성진 가락 기적 소리로 바뀌이고
돛배 뗏목들도 아득한 신화인저
철새는 날아 스치며 옛 노래를 띄운다.

6

남산 인왕 관악들의 소리 없는 대화들은
느긋이 이어져서 이 언덕을 감돌 거다.
역사의 수레바퀴가 돌아가는 그날까지.

7

때로는 세 나라의 살표로 손짓했고
손잡아 얼싸안아 통일신라 이루었다
이렇게 흰옷자락이 나고 들던 이 언덕.

8

사육신의 붉은 피가 모래밭 물들었고
나고 드는 길손들의 한숨도 방울지고
물들은 석양 하늘이 여울 여울 흘렀다.

9

밀려든 왜병들을 여기서도 막지 못해
도성도 내버린 채 북행하다 뿌린 눈물
민초의 고난 너불어 물거품으로 떴던 강,

10

권 장군이 버티었던 행주성에 모인 여인
치마폭에 돌을 날라 이 땅을 지키었다
지금은 유람선의 발선지 가뭇한 기억인 거.

11

호병에 밀려 나와 남한산성 오른 군신
이 물 이 언덕 바라 호소인들 없었으랴
바람만 강벽(江壁)에 메아리 져 예이제를 이었다.

12

한말의 풍운 그만 청일 노일로 번져
한수(漢水)의 청정도 진개에 휩싸이고
오백년 사직과 함께 나라마저 앗기었지.

13

힘없는 흰옷 겨레 저들의 굴레 밑에
살 길들 찾아 찾아 북 북으로 밀리었다
이 물가 비쳐 뜬 노을빛 가슴 가슴 태우며.

14

들도 이름들도 말 글마저 잃은 채로
울부짖음도 강바람에 나부끼고 나부끼어
길 잃은 철새들로 남아 어둠속을 헤맸다.

15

이 언덕에도 왜말이 판을 쳤고
총칼과 게다 소리에 너와 나를 잃어버려
푸른 불 밝은 딜민 비라 하소연만 날렸지.

16

피는 꽃도 지듯이 패망의 쓴 잔 안고
죽은 듯이 강물 보며 제 땅으로 돌아가니
애국가 이 언덕을 메워 태극기와 휘날렸다.

17

물줄긴 더욱 힘찼고 창공도 더 높았고
남산 인왕 관악도 환호에 휩싸이어
수천만 영령들과 함께 만세들을 불렀다.

18

하나 이미 분단의 땅 남북은 먼 이역으로
부모형제 애오라지 삼국 땔 되새기며
흐려진 망울 망울로 물줄기를 따랐다.

19

한양 이곳에는 새 정부가 들어서고
군대를 이끌어 38선을 지켰으나
탱크로 밀어 닥치는 그 힘엔 밀리었다.

20

정부는 다릴 끊고 남으로만 밀리었고
민초들은 이 강물에 눈물들을 휘뿌리며
살으려 살아보려고 정처 없는 길 떠났다.

21

유엔군의 인천상륙 서울은 탈환되고
대구 포항에서 반격하던 국군들도
압록강 푸른 물설에 진진들을 씻었다.

22

이 웬 날벼락인가 중공군이 밀려왔다
다시 이 강 언덕을 핏빛으로 물들이고
시체를 넘고 넘으며 눈길 속으로 밀리었다.

23

남도 부산에서 배고파 떨던 무린
휴전으로 이 언덕을 넘어는 왔었지만
새로운 38선으로 휴전선이 생겼다.

24

잿더미를 얼싸안고 목 놓아 우는 소리
이 물가 바람소리와 하늘에 닿았었고
희미한 등불들만이 물결 위로 맴돌았다.

25

빈손으로들 살길 찾아 이 언덕을 넘나들며
노돌을 넘은 물줄기처럼 제 길들을 찾고 찾았다
큰 기적 이 언덕 위에 보란 듯이 나타났다.

26

아세아 경기에서 우리 힘을 보였었고
88 올림픽에서 더더욱 높이 높이
빛나는 태극 깃발을 마음껏 휘날렸다.

27

사대문 안의 서울이 한강을 사이하고
동서남북으로 뻗고 뻗어져서
지싱은 지하와 어울려 말 그대로 사통팔달.

28

이 물은 4·19도 5·16도 유신체제도
광주항쟁 5공비리 오로다 거둬 안고
제 골을 찾고 찾아서 흐르고 흐를 뿐.

29

낮이면 아파트들 서로 보며 손짓하고
밤이면 휘황한 불빛 강물 위에 아롱진다
이 호화 영원히 남아 우리 자랑 되었으면.

30

항상 번영 뒤엔 희생이 따르는 법
선열들의 귀한 목숨 장병들의 빛난 산화
이 물가 산기슭에 누워 벙긋 웃음 지으리.

31

그 사이 너무나도 거센 바람 회오리쳐
허파에 바람 든 듯 핏대들 올려 올려
아수라 괴물들도 섞여 갈팡이는 판국이다.

32

쉽게 얻은 돈이 사치도 몰고 와서
호화 주택에 외제가 판을 치고
거리엔 차들의 홍수 솔가움만 부른다.

33

대기는 오염되고 개울엔 고기도 없다
한강 찾은 철새 떼도 하나 둘 죽어간다
이 언덕 수양버들이 꿈속에서 손 젓는데.

34

목숨도 도륙되고는 돈돈의 독뿐인 듯
불당이 늘어나고 교회가 치솟아도
이 언덕 봄바람은 멀리 높은 벽에 걸렸다.

35

하나 저 붉은 해는 어김없이 뜨고 진다.
어린이들 웃음도 꽃으로만 피어나고
공장의 굴뚝마다에선 검은 연기가 솟아나리.

36

이렁 손에 손 잡고 돕고 도와 사노라면
웃음꽃 가시잖은 겨레의 물줄기는
이 강물 싱그럼 위에 새 삶으로 이어지리.

37

이 젖줄 태초부터 겨레 함께 살아왔고
그 푸르름 변함없이 내일 바라 흘러왔다.
이 겨레 그 청청 마시며 무한 생명 누리리.

38

남북 겨레 모두 나와 이 언덕에서 춤을 추고
막혔던 이야기로 밤 밤도 지새보자
가신 님 맺힌 한들도 이 물 위에 띄우면서.

39

얼럴럴 상사디야 한라 백두 손짓하고
역사의 굵은 줄기 다시금 용솟으리
세기의 봄바람 속에 무궁화로 함께 피며.

40

겨레의 착한 마음 아사달에 넘쳐나고
자유와 평등 평화 굽이 굽이 펼쳐지면
온 겨레 세기의 봉사자로 태양으로 솟으리.

41

그때 너와 나는 이 물가에 모두 모여
옛 얘기 새 꿈 얘기 오손 도손 나누면서
저 하늘 이 물빛 찾아 새 역사로 이어가세.

〈90. 9. 22. 상계우사에서〉

아버님이 세상을 떠나신 지 만 7년이 되었다. 올해에는 화천에 월하기 념관도 개관이 된다고 한다. 그 동안 대학원에서 논문을 준비하는 분들이 아버님의 시조집을 찾는 경우가 많았는데 제한된 자료 때문에 그분들께 충분한 안내를 해 드리지 못한 것이 늘 송구스러웠다. 더 시간이 가기 전에 시조집을 한 권으로 묶어 정리해야겠다는 생각이 들어 전집을 출간하게 되었다. 아버님의 시조집은 다음 다섯 권이다.

『꽃과 여인』, 동민문화사, 1970. 11. 30. (발행인 安東民, 정가 400원)

『노고지리』, 일지사, 1976. 8. 15. (발행인 金聖哉, 정가 1,000원)

『소리 · 소리 · 소리』, 문학신조사, 1982. 2. 15. (발행인 兪文東, 정가 1,500원)

『날빛은 저기에』, 시민문학사, 1990. 6. 25. (발행인 변태옥, 정가 2,000원)

『紫霞山舍 이후』, 토방, 1995. 7. 25. (발행인 강성태, 정가 3,500원)

출판 당시의 문화적 환경을 알려주기 위해 일부러 정가도 적었고, 어려운 여건 속에서 시조집을 출판해 주신 분들에게 고마움을 표시하기 위해 발행인의 이름도 함께 적었다. 원본을 보아야 알 수 있는 것이기에 그렇게 하였다. 다섯 번째 시조집을 출간한 이후에는 몇 편의 행사시만 쓰셨을 뿐이어서 시조선집인 『진달래 연가』(태학사, 2001. 1. 1.)에도 다섯 번째 시집 이후의 작품은 수록하지 않으셨다. 그런데 선친의 회고록『먼 영마루를 바라 살아온 길손』(국학자료원, 1996. 1. 15)에는 작품집에 수록하지 않은 초기의 작품 네 편과 1989년의 유럽 여행, 1992년의 러시아 및 북유럽 여행,

1994년의 일본과 중국 여행 등에 관련된 기행시조 90여 편이 들어있다. 이 작품들은 당신께서 시조집에 수록하지 않았는데, 초기의 작품들은 습작기의 작품이어서, 기행시조는 분량과 작품 수준의 등차 때문에 수록하지 않으신 것 같다. 다행히『먼 영마루를 바라 살아온 길손』은 여러 도서관에 소장되어 있고 아직 판매도 되고 있으니 이 작품들을 읽으시려는 분은 이 책을 참조하기 바란다.

다만 초기 작품 중 다음 두 편은 여기 소개하고 싶다. 하나는 1935년 8월 해금강에서 하루살이 떼를 보고 지은 단수의 시조고, 또 하나는 1946년 무렵 낙척한 처지의 사촌형과 어린 조카를 만나 감회를 읊은 두 수의 연시조다. 두 편 다 제목이 없다.

엉기어 날아돌아 길을 막는 하루살이
기승을 부려 봐도 하루밖에 못사는 목숨
그래도 사는 그 한때가 즐거운가 하노라

병든 몸에 아내 여의고 어린 아들 손을 끌고
사촌이라 찾아온 형 터럭은 희끗희끗
어릴 때 등에서 느끼던 정에 눈시울이 젖는다

늙어 병든 몸에 아이까지 앞세우고
어디로 가시려오 앞을 막고 붙들어도
묵묵히 비껴가시던 그 모습만 남았네

기존의 시조를 이 전집에 수록할 때 원본의 형태를 그대로 유지하는 것을 원칙으로 했다. 다만 현대 표기법으로 바꾸어도 음이 크게 달라지지 않는 것은 현재의 맞춤법에 맞게 바꾸어 표기하였다. 초기의 시조집에서는 한자를 노출하였고 그 이후의 시조집에서는 한글과 한자를 병기하였는데 그것도 원본 그대로 표기하였다. 제목의 한자 표기도 통일하지 않고 원본대로 두었다. 다만 분명히 오자로 판단되는 부분은 바로잡았다. 각 시조집의 서문도 그 당시 시인의 내면을 반영하는 것이어서 원본대로 수록하였다.

아버님은 고어나 복합어를 활용하여 새로운 시어를 만들어 쓰시기도 하고 어릴 때부터 귀에 익어온 토속어를 시어로 활용하시기도 했다. 그런 시어의 뜻을 대부분 짐작할 수 있으나, '솔바하다'와 '가슴다'라는 말은 그 의미가 쉽게 잡히지 않는다. 전자는 「人間街路」, 「大靑 頂上에서」, 「월령가(月令歌) - 11월은」 등에 나오고 후자는 「江華紀行 - 5 塹城壇에서」, 「공간(空間)」, 「단풍을 바라보며」, 「이 물굽이는」 등에 나온다. 전후의 문맥을 보면 '솔바하다'는 '솟아나다'의 뜻으로, '가슴다'는 '가늘게 스치다' 정도의 뜻으로 짐작되지만 정확한 뜻은 알 수 없다. 아버지가 계실 때 그 뜻을 알아 놓지 않은 것이 한스럽다.

아버님은 각 작품 끝에 창작 일시와 장소를 꼼꼼하게 밝혀 놓으셨다. 그런데 각 시조집의 작품 배열은 창작 시기 순으로 되어 있지 않아서 창작 장소가 구체적으로 어디를 지칭하며 거주 공간이 어떻게 바뀐 것인지 궁금해하는 경우가 많다. 시조집 서문에서 거주 공간의 변화에 대해 언급하시기도 했지만 거기에도 약간의 착오가 있어서 거주 공간과 창작 장소에 대해 분명히 밝혀두고자 한다.

　해방 전으로부터 1947년 9월까지는 강원도 춘천시 효자동에 거주하셨고, 서울로 이주한 1947년 10월로부터 1961년 3월까지 동대문구 숭인동에 사셨는데 이곳을 '東望山房'이라 하셨다. 1961년 3월부터 1963년 3월까지 동대문구 창신동에 사셨는데 이곳을 '駱山寓居' 또는 '駱山寓舍'라 하셨다. 1963년 3월부터 1967년 5월까지 서대문구 충정로 3가에 사셨는데 이곳의 옛 지명을 살려 '감나무골'이라 하셨다. 1967년 5월부터 1970년 5월까지 서대문구 남가좌동에서 사셨는데 이곳을 '모래내'라 하셨다. 1970년 5월부터 1971년 5월까지 다시 충정로 3가의 '감나무골'로 돌아와 사셨고 1971년 5월부터 1986년 10월까지 종로구 부암동에 사셨는데 이곳을 '紫霞山舍'라 하셨다. 부암동 터에 연립주택을 짓느라 1987년 5월까지 잠시 이주하였던 부암동의 빌라를 '자하빌라'라 하셨고, 1987년부터 1989년 5월까지 사신 부암동 터의 연립주택을 '紫霞寓舍'(처음에는 '새 자하산사')라 하셨다. 1989년 5월부터 1991년 3월까지 사신 노원구 상계동 아파트를 '상계우사'라 하셨고 1991년 3월부터 1994년 2월까지 사신 노원구 하계동 아파트를 '하계우사'라 하셨다. 1994년 2월 이후에는 송파구 잠실동 우성아파트에서 사셨는데 이곳을 '우성우사'라 하셨다. 워낙 많은 이사를 했기 때문에 기억의 혼란으로 작품에 표시된 시간과 장소가 일치하지 않는 경우가 있다. 그러한 부분을 바로잡으려 하였지만 교정을 놓친 것도 있을 것이다.

　이렇게 정리를 해 보니 아버님은 서울에서만 열한 차례의 이사를 하셨는데, 서울에서 60년 가까이 사시면서도 당신의 거주지를 늘 전원의 일부라

고 생각하셨던 것 같다. 자연의 벗이 되어 조수 초목을 돌보며 사는 것이
아버님의 꿈이었고, 달빛이 비치는 강을 바라보며 솔직담백한 심정으로 자
연과 인생에 대해 시조 한 수를 지어 읊조리는 것이 아버님의 이상이었다.
아버님은 계간 『시조문학』을 80대 중반까지 주관해 내셨는데, 건강 때문에
그 일을 지속하지 못하게 된 것을 무엇보다 안타까워 하셨다. 아버님이 가
장 사랑하신 것은 '시조'였다. 전에 어느 글에도 썼다시피 아버님은 이승을
떠나셨지만 '삼천 대천 세계'(「다시 핀 산나리꽃」) 어디에선가 지금도 시조
를 짓고 읊고 가르치고 계실 것이라고 나는 믿는다.

　교정을 위해 작품을 다시 읽으면서 내가 쓰는 말투, 내가 구사한 문장에
아버지의 영향이 적지 않게 깔려 있는 것을 보고 새삼 놀라게 되었다. 생물
학적 유전인자만이 아니라 후천적 경험과 학습의 차원에서도 아버님은 이
렇게 나에게 깊은 영향을 남긴 것이다. 감은(感恩)과 회한(悔恨)은 늘 뒤에
남는 일이라, 전집을 준비하면서 아들로서 불효(不孝)하고 불민(不敏)한 일
들이 연이어 떠올라 마음은 천근만근 무겁다. 다만 이 책이 시조를 읽고 짓
는 분들, 문학을 공부하는 분들에게 도움이 되기를 바랄 뿐이다.

2010년 2월 10일
아버님 7주기를 앞두고 아들 崇源 삼가 씀.

1913년(1세) 7월 16일 강원도 화천군 간동면 방천리 방현포에서 李根旭과
        金慶珍 사이의 장남으로 태어남.

10세까지 한문 수학.

1924년(12세) 4월 1일 양구보통학교에 입학.

1928년(16세) 3월 성적우수자로 월반하여 5학년 졸업.
        4월 공립 춘천고등보통학교 입학.

1929년(17세) 봄에 강원도 양구 김주부 댁 장녀 金玉洙(1912년 생)와 결혼.

1930년(18세) 12월 장녀 春桂 출생.

1933년(21세) 춘천고등보통학교 5학년 졸업.

1933년 5월부터 34년 4월까지 강원도청 농무과 근무.

1934년(22세) 보통학교 교원 시험에 합격하여 5월부터 1945년 10월까지 강
        원도 춘천, 홍천, 인제 등지에서 보통학교 교원으로 근무.

1936년(24세) 4월부터 1938년 5월까지 통신교육으로 와세다대학 전문부 문
        과 수학.

1943년(31세) 11월 차녀 正子 출생.

1945년(33세) 10월부터 1947년 9월까지 춘천여자고등학교 교사로 재직.

1946년(34세) 9월 삼녀 仁子 출생.

1947년(35세) 9월 서울대학교 문리과대학 국어국문학과 2학년으로 편입.
        10월부터 동덕여자중고교에 봉직하며 교무부장 직을 맡음.

1950년(38세) 5월 서울대학교 국어국문학과 졸업.

1950년 6·25를 맞아 남하하였다가 1951년 8월에 부산으로 피난하여 동덕
　　　　여고 전시학교 주임으로 근무.

1952년(40세) 9월부터 서울대학교 문리대 강사 및 교양학부 대우교수.

1953년(41세) 1월『시조연구』에 창작시조「갈매기」를 발표함.

　　　　9월 이화여자대학교 국어국문학과 조교수로 부임.

1955년(43세) 4월 장남 崇源 출생.

　　　　9월 한국일보에「산딸기」발표.

1956년(44세) 서울신문에「삼월은」을 발표함.

1957년(45세) 국어국문학회 제4대 대표이사 맡음. 제5대와 제7대에 재임함

1958년(46세)『현대시조선총』(새글사) 출간.

1959년(47세)『시조개론』(새글사) 출간.

1960년(48세) 6월 1일 시조전문지『시조문학』을 창간하여 편집인과 발행인
　　　　을 맡음.

1964년(52세) 한국시조시인협회 발족, 부회장을 맡음.

1965년(53세)『시조연구논총』(을유문화사) 출간.

1970년(58세) 11월 30일 제1시조집『꽃과 여인』(동민분화사) 출간.

1974년(62세) 2월 이화여자대학교에서 문학박사 학위 받음.

　　　　『시조의 사적 연구』(선명문화사),『한국명시조선』(정음사) 출간.

　　　　8월『시조문학』계간으로 전환하여 출판.

1976년(64세) 8월 15일 제2시조집『노고지리』(일지사) 출간.

1978년(66세) 한국시조시인협회 회장.

8월 이화여자대학교 정년퇴임. 『고전문학연구논고』(이화여대
출판부) 출간.

11월 동곡문화상 수상.

1979년(67세) 4월부터 1년 간 상명여자대학교 대우교수.

1981년(69세) 『현대시조작법』(정음사) 출간.

1982년(70세) 1월 15일 제3시조집 『소리·소리·소리』(문학신조사) 출간.

1983년(71세) 3월 외솔상 수상.

1984년(72세) 『세종대왕의 어린 시절』(세종대왕기념사업회) 출간.

9월 장남 崇源, 尹裕璟과 결혼.

1985년(73세) 12월 중앙시조대상 수상.

1986년(74세) 6월 장손 文基 출생.

11월 육당시조상 수상.

1987년(75세) 9월 차손 俊基 출생.

1990년(78세) 6월 25일 제4시조집 『날빛은 저기에』(시민문화사) 출간.

10월 대한민국 문화예술대상 수상.

12월 『현대시조의 이론과 실제』(동백문화) 출간.

1991년(79세) 4월 29일 62년 간 동고동락한 부인 金玉洙 여사 별세.

1992년(80세) 『덜고 더한 시조개론』(반도출판사) 출간.

1994년(82세) 10월 대한민국 문화훈장(보관장) 서훈.

1995년(83세) 5월 25일 제5시조집 『자하산사 이후』(토방출판사) 출간.

1996년(84세) 1월 회고록 『먼 영마루를 바라 살아온 길손』(국학자료원) 출간.

2001년(89세) 1월 1일 시조선집 『진달래 연가』(태학사) 출간.

2003년(91세) 4월 24일 오후 2시 50분 노환으로 별세.